So ein Hundeleben
oder:
Geschichten von Jenny und den anderen

Bibliografische Information der Deutschen Nationalbibliothek:
Die Deutsche Nationalbibliothek verzeichnet diese Publikation in der Deutschen Nationalbibliografie; detaillierte bibliografische Daten sind im Internet über dnb.d-nb.de abrufbar.

TWENTYSIX – der Self-Pushing-Verlag
Eine Kooperation zwischen der Verlagsgruppe Random House und Books on Demand
© 2020 Weniger, Christa
Herstellung und Verlag:
BoD – Books on Demand, Norderstedt

ISBN: 9783740765309

Träumen erlaubt

Wenn ich über die Frage nachdenke, ob ich manchmal den Wunsch verspüre, jemand ganz anderer sein zu wollen, wäre ich vielleicht gern ein Pferd.

Manchmal träume ich davon, ein Springpferd zu sein, wenn ich in meinem Körbchen liege und über mich und mein Leben nachsinne.

Wir hätten glanzvolle Auftritte, meine Reiterin und ich. Kühn würde ich alle Hindernisse nehmen - mit guter Körperhaltung in Bestzeiten den Parcours bewältigen und den Applaus des Publikums genießen. Nach dem Ritt würde mir meine Reiterin glücklich den Hals tätscheln.

Die Presse würde über uns berichten und uns feiern!

Meine Kinder wären wegen der guten Erbanlagen gefragt.

Spätestens an diesem Punkt meiner Überlegungen wird mir bewusst, dass ich bisher überhaupt keine Welpen bekommen habe und Jenny, die wachsame, hübsche, von meiner Familie geliebte, schwarz-weiße kleine Münsterländer Hündin bin. Nicht einmal reinrassig! Aber meine Lieben stört es nicht und ich habe meine ungeklärte Abstammung schon lange überwunden.

Gleichzeitig erkenne ich, dass ich es schlechter hätte treffen können. Dass man geliebt wird, ist doch das Wichtigste.

Als Pferd dürfte ich bestimmt nicht in meinem großen Vorstadtgarten wohnen, weil es die Nachbarn stören könnte.

Über mich hingegen sind sie froh, weil ich so wachsam bin. Und eigentlich bin ich ebenso erfreut über sie. Ganz besonders glücklich bin ich jedoch über meine Familie.

Aber von Ruhm, Glanz und Größe wird man ja trotzdem mal träumen dürfen!
Wenn ich jedoch jemand anderer wäre, hätte ich vieles nicht erleben dürfen, zum Beispiel die nachfolgende Geschichte.

Lecktütenverwunderung
Mit meiner Lecktüte war ich an einem sonnigwarmen Februarsonntag der Star in der Fußgängerzone! Es waren ungewöhnlich viele Spaziergänger unterwegs.
Alle wollten die Winterpause nutzen um zu

flanieren.
Wir auch! Meine lange Operationsnarbe war ganz trocken und gut verheilt. Weil die Fäden noch nicht gezogen worden waren, hatte ich meine Lecktüte noch um. Wir wollten auch nur einen kurzen Ausflug machen, aber da ich so übermütig an meiner Leine zog und aufgeregt an allen Stellen schnüffelte, machten sie mir die Freude und dehnten den Stadtbummel aus.
Freude an unserem Ausflug hatten ganz offensichtlich die meisten anderen Spaziergänger. Sie schauten auf mich mit meiner weißen Plastiktüte und staunten.
Jene, die mich nicht sofort sahen, hörten das Schlürfen der Lecktüte auf dem Kleinpflaster, weil ich ja immerfort in vollen Zügen überall nervös schnüffelte. Man stellte Überlegungen an und der Großteil meiner Betrachter wusste ziemlich bestimmt, dass ich etwas mit den Ohren hätte. Einige waren unsicher, manche stellten keine Spekulationen an. Der männliche Teil eines ganz jungen Pärchens schwang sich zu einem medizinischen Vortrag auf, der mit der Feststellung endete: „Das ist ganz offensichtlich: Dieser Hund trägt den Trichter zum Schutze seiner Ohren!" Seine Begleiterin schien ihm zu glauben.

Ich wusste sofort, dass er ein Wichtigtuer war und Frauchen sagte zu Herrchen: „Aus uns beiden wäre bestimmt nichts geworden, wenn du mich zu Beginn unserer inzwischen ja schon uralten Beziehung in dieser Form belehrt hättest. Wie gut, dass du zurückhaltender warst!"
Es erstaunte mich sehr, dass ich mit wenigen Mitteln solch eine positive Resonanz hervorrufen konnte. Ich war auf belustigende Weise zu einem, die Spaziergänger dieses sonnigen Februarnachmittags verbindenden, Gesprächsstoff geworden. Vielleicht lag es aber auch an der Karnevalszeit, dass meine Verkleidung so viel Beachtung fand und Rätsel aufwarf.
Am Abend des darauffolgenden Tages bemerkte Frauchen, dass meine Wunde entzündet und angeschwollen war. Sofort wurde meine Bauchdecke mit feuchten Tüchern gekühlt. Am nächsten Morgen würden wir zu Herrn Dr. Wenzel müssen, der wieder einmal sein Können an mir unter Beweis zu stellen hätte.
Gottlob war dieser außerplanmäßige Besuch bei meinem Hausarzt nicht notwendig, denn die Schwellungen und Rötungen nahmen unter

der intensiven Pflege von Frauchen ab. Ein schlechtes Gewissen hatte sie schon, weil wir unvernünftigerweise zu lange in der City bummeln waren.

Zwangspause für Frauchen
Frauchen wurde auch einmal genäht - am Finger. Sie bekam keine Lecktüte. Dafür hatte sie an beiden Händen und am rechten Fuß unübersehbare Verbände.
Die Nase wurde nicht verbunden und die Stirn bekam auch keinen Verband. Dafür hatte sie jede Menge Mercurocrom im Gesicht. Wir waren während ihrer Genesungsphase nicht auf der Straße. Nach einigen Tagen humpelte Frauchen ein kleines Stück durch den Garten. Die Gehhilfen, die wir noch von einer Knöchelgeschichte von unserer Kathrin hatten, brauchte sie da schon nicht mehr.
Die Zeit war sehr gemütlich.
Frauchen lag den ganzen Tag auf dem Sofa im Wohnzimmer, wo sie sonst höchstenfalls ein Mittagsschläfchen macht oder abends beim Fernsehen lümmelt und ich lag auf dem Teppich davor. Ich döste und Frauchen las - den ganzen Tag!
Sie glaubte, dass sie bei dem fürchterlichen

Sturz eine leichte Gehirnerschütterung bekommen haben könnte und so verhielt sie sich fast bewegungslos. Streicheln konnte sie mich nicht wegen der weißen, unangenehm riechenden Verbände. Auch Werner machte eine Woche Pause von der Neuerstellung unseres Wintergartens.
Wenn Frauchen nicht mitmacht, ruht hier alles!
Unserer alter Wintergarten stammte noch aus den dreißiger Jahren. An manchen Stellen tropfte das Regenwasser durch die Drahtglasscheiben und auch sonst entbehrte er jeglichen Komforts.
Schön war er auch nicht!
So bat Frauchen Werner, unseren brauchbarsten Bekannten, der fast alles reparieren oder neu erstellen kann an unserem ältlichen Haus, ob er den alten Wintergarten abreißen und einen neuen erstellen könne.
Werner willigte ein, aber Herrchen nicht! Er war wieder einmal sehr erstaunt, dass Frauchen etwas an diesem, unserem bisherigen Wintergarten auszusetzen hatte. Wie immer versuchte er etwas gegen die Zerstörung „antiker" Schätze einzuwenden, jedoch mit geringem Erfolg.
Es ist immer das Gleiche, Frauchen wünscht

Veränderungen, bei deren Durchsetzung sie die allergrößten Schwierigkeiten mit Herrchen bekommt.
Einmal, als Werner und sie den Fußboden in einem Teil der Küche erneuerten, weil der alte einzubrechen drohte, knallte Herrchen sogar die Küchentür so laut zu, dass ich völlig erschrocken war.
Er war nicht etwa wütend, weil die beiden pausenlos Balken und Holz gesägt, genagelt und geschraubt hatten, sondern weil Werner auf Frauchens Geheiß die Arbeitsplatte der etwa fünfzehnjährigen Küche ein Stück absägte, um ihren Arbeitsplatz verändern zu können. Herrchen ging wortlos ins Bett, nachdem er zuvor mit unterdrückter Wut gesagt hatte, dass er sich noch am Morgen ausdrücklich gegen das Kürzen der Arbeitsplatte ausgesprochen habe.
Als Werner am nächsten Morgen die Geschichte hörte, tat Frauchen ihm leid. Er hätte nichts für Herrchen zum Mittag gekocht und sie habe das größte Recht beleidigt zu sein, sagte er, wo Frauchen doch hier alles macht und plant und handlangert. Werner hatte Recht, aber Frauchen findet mucksen blöd.
Ich bin ja öfter mal beleidigt!

Wenn sie zum Einkaufen geht und vergisst, ihre immer gleiche Verabschiedung aufzusagen: „Frauchen geht einkaufen! Lecker kaufen - Lecker für die Jenny! Kommt gleich wieder!" Wenn sie diesen Sermon vergisst, bin ich beleidigt. Sie braucht keine Türen zuzuschlagen. Um mich zu verärgern genügt es, dass sie etwas vergisst.

Ich wäre über Herrchen sauer gewesen an ihrer Stelle, aber sie kennt das schon: Zuerst versucht er alles Neue zu verhindern und ist anschließend ganz stolz über das Erreichte. Jedes Mal behauptet er später: Wir haben das erneuert, oder repariert, oder gebaut

Aus meiner Sicht müsste es heißen: Werner hat gemacht, nachdem Karin geplant, Material besorgt und gehandlangert hat. Ich gucke den beiden oft zu.

Werner streichelt mich zwischendurch - Herrchen ist meistens arbeiten.

Viel Krach und Blut
Als die leere Wasserflasche vor die Anbauwand knallte, war Herrchen zu Hause. Erschrocken oder wütend wollte er seinem Unverständnis Ausdruck geben, aber ihm blieben die Worte im Halse stecken. Frauchen

lag quer über den plattierten Fußweg entlang des Anbaus in den Scherben der Wasserflasche; die zweite, die sie in den Händen hielt, blieb ganz. Sie wollte die beiden Flaschen in den Anbau bringen und knickte mit dem Knöchel um. Voller Wucht knallte sie mit der Stirne vor die untere Anbauwand und mit der Nase auf den plattierten Weg. Den linken, kleinen Finger schnitt sie tief und lang an den Scherben auf, ebenso zwei Adern am rechten Handgelenk.

Die Augen blieben unverletzt.

Die Sehnen des rechten, unteren Sprunggelenks waren stark überdehnt. Sie blutete aus den Schnittwunden, aus den Abschürfungen und aus ihrer Nase. Sie tat mir leid.

Herrchen und Werner wollten ihr beim Aufstehen helfen, aber Frauchen zischte: „Fasst mich bloß nicht an!" Sie fegten die Scherben auf. Die Platten wurden blutig. Als sie sich aufgerichtet hatte, wurde ihr übel und sie weinte.

Inzwischen hatte Herrchen Tücher und Papiertaschentücher gebracht, damit die Blutungen gestoppt werden konnten.

Aber sie musste doch ins Krankenhaus, um eine Impfung gegen Wundstarrkrampf zu

bekommen. Herrchen wusch sie und half beim Umziehen, denn sie war von der Arbeit schmutzig.
Sie wurde an allen Stellen geröngt und blutete die Bleischürze voll, weil die Wunde am linken Finger wieder aufgerissen war. Als sie Herrchen erzählte, dass man von ihrem Knöchel eine gehaltene Aufnahme gemacht hätte, die noch einmal genau so schmerzhaft war wie das Umknicken, musste sie schon wieder heulen.
Es war nicht ihr bester Tag!
Werner hatte zuvor geräuschvoll und in mehreren Abschnitten den alten, riesigen Birnbaum auf der Terrasse abgesägt. Der Baum trug schon einige Jahre hintereinander keine einzige Frucht, außerdem waren seine Blätter rostig und drittens störte er beim Bau des neuen Wintergartens. Mich hinderte der Birnbaum beim Bewachen meines Gartens. Ich musste immer einen Bogen um ihn schlagen, wenn ich aus der Küche zum hinteren Grundstückszaun stürmte, weil es dort Auffälligkeiten zu verbellen gab.
Ich hatte während des Baumfällens im Haus zu bleiben und schaute von der Küchentür aus zu. Der Krach war hier noch unerträglich genug.

Frauchen und Herrchen zogen im entscheidenden Moment den Stamm mit einem Strick in die richtige Richtung. Das erforderte eine kolossale Konzentration und Frauchen zitterte innerlich immer noch ein wenig in Erinnerung eines Beinahmeunfalls beim Baumfällen. Alle drei waren sehr erleichtert, dass der Baumriese glücklich gefallen war, als sich unmittelbar danach Frauchens tragischer Sturz ereignete.
Der Wintergarten ist selbstredend längst fertiggestellt - ohne weitere Zwischenfälle. Er ist sehr viel schöner als der alte und Herrchen ist ganz stolz!

Pflegerische Maßnahmen
Auch bei der Baumfällaktion, wegen der Frauchen immer noch innerlich bibbert, mit abnehmender Heftigkeit, durfte ich nicht dabei sein. Ich sollte nicht verletzt werden und musste ins Haus.
Mit absoluter Sicherheit wären dabei Herrchen und Frauchens Bruder zu Schaden gekommen, wenn sie nicht so laut geschrien hätte. Sie hat eine mächtige Stimme, gegen die ich mich nie durchsetzen kann! Die gebrauchte sie und vermied damit ein Unglück!
Die riesige Tanne in der Mitte des Grund-

stückes war von Schädlingen befallen. Ihre Nadeln waren braun und rieselten Frauchen in die Haare und in den Nacken, wenn sie daran vorbeiging auf dem Weg zu den Hühnern - und mir fielen sie ins Fell. Um die anderen Bäume zu retten, die auch schon teilweise von der Laus geschädigt worden waren, musste die völlig kranke Tanne gefällt werden.

Hierzu erklärte sich Frauchens Bruder bereit. Sylvia kam auch mit und vergaß das Leckerchen für mich nicht. Ihr Mann brachte eine starke Motorsäge mit. Herrchen hielt die lange Leiter, während sein Schwager die gewaltige Spitze der Tanne absägte. Zuvor hatten alle eine Stelle gefunden, auf die die Tannenspitze fallen sollte, damit möglichst wenig beschädigt würde. In Richtung des alten Boskopbaumes sollte die Tanne stürzen. Entsprechend setzte Frauchens Bruder den Keil. Da er nicht sehen konnte, wo er den weiteren Schnitt platzieren musste, weil er über seinem Kopf arbeitete, die Sägespäne rieselten in seine Augen, auf seine Mütze und in seinen Hemdkragen, schaute er auf die beiden Frauen, die ihm signalisierten: höher, noch ein Stück höher.

Die zweitakter Benzinsäge heulte auf.

Frauchens Bruder setzte an und die Baumspitze bewegte sich ganz leicht in seine Richtung!
Es schien, als seien es nur einige Millimeter, vielleicht waren es Zentimeter, aber es war genau die entgegengesetzte Richtung!
Frauchen brüllte!
Sie schrie so laut, dass ihr Bruder auf der Leiter trotz des Motorenlärms wahrnahm, dass etwas Schlimmes geschehen würde.
Und in Bruchteilen einer Sekunde reagierten beide Männer in der einzig richtigen Weise.
Herrchen ließ die Leiter los und sprang zur Seite. So traf ihn die herunterstürzende Motorsäge nicht, die sein Schwager fallen lassen musste, um sich am Baumstumpf festzuklammern.
Dann erfolgte das Krachen und die gewaltige Tannenspitze sauste zwischen das Schwimmbecken und die Pergola.
Es wurde nichts beschädigt, nur am Essigbaum war ein Ästchen abgeknickt worden. Als Frauchens Bruder die Leiter heruntergestiegen war, umarmten sich alle. Sie tranken einen Schnaps und seit der Zeit zittert Frauchen, wenn bei uns Bäume gefällt oder gestutzt werden müssen.

Sylvia hat hinterher ihre Schwägerin gefragt: „Woher hast du diese gewaltige Stimme genommen. Wie konntest du so laut schreien? Du sprichst doch sonst eher leise."
Aber sie singt laut!
Eigentlich war ich auch von Frauchens Lautstärke überrascht. Mit mir schimpft sie manchmal, wenn ich eine erjagte Ratte in mein Körbchen schleppen möchte oder bei anderen ungewöhnlichen oder gefährlichen Situationen, aber so laut habe selbst ich sie noch nie schreien gehört. Bis in die Küche!
Wir waren also erfreut, als wegen der Bauarbeiten auf dem Nachbargrundstück verschiedene hohe Tannen und Birkenbäume bei uns durch den Bauträger entfernt wurden, weil man diesen Teil meines Gartens während der Bauarbeiten benötigte. Fast spielerisch griff die Schaufel eines Baggers rechts und links neben den Stämmen in die Erde und im nächsten Moment fiel der komplette Baum auf die Schaufel!
Mühelos wurde er abtransportiert.
Im letzten Herbst wurde wiederum in meinem Garten gerodet. Dies Mal von Hand gesägt mit Leiter und Strick.
Zwei jüngere Männer, die beruflich Bäume

fällen, waren im Einsatz. In einer arbeitsreichen Aktion schafften sie Luft und Helligkeit.
Die Bäume waren uns über den Kopf gewachsen. Jetzt kann ich mich an ganz vielen Stellen in die Sonne legen und die Blumen entwickeln sich besser.
Selbst Herrchen, der wieder einmal schwer von der Notwendigkeit des Einsatzes zu überzeugen war, sagte hinterher, es würde kaum auffallen, dass so viel abgesägt wurde und dass die Arbeit der Gärtner ihr Geld wert wäre.

Frauenstimmen
Sie transportierten den gesamten Baumschnitt ab, bis auf die Teile, die meine Familie für die Adventsdekorationen und für das Abdecken der beiden Grabstellen benötigte.
Frauchen fotografierte während der Baumfällaktion, zitterte nur ganz wenig und schrie überhaupt kein bisschen.
Nun sollen nach einer Studie von australischen Wissenschaftlerinnen die Stimmen von Frauen in den letzten Jahrzehnten immer tiefer geworden sein. Weiblichkeit sei out, wurde erforscht. Die auf Tonträgern aufgezeichneten Stimmen junger Frauen seit 1940 wurden mit

den Stimmen junger Frauen von heute verglichen. Die tieferen Stimmlagen jetzt seien zum einen auf die größere Körpergröße zurückzuführen, die zwangsläufig auch längere Stimmbänder mit sich brächte, zum anderen könnten aber auch soziale Gründe in Frage kommen. Eine tiefere Stimme wird mit Reife und Autorität in Verbindung gebracht. Vorbild seien für die Frauen von heute die Stimmen von Journalistinnen, Politikerinnen und Anwältinnen.
Frauchen scheint den modernen Trend noch nicht mitgekriegt zu haben. Wenn sie mich ruft: „Jenny, bei Fuß!" dann gerinnt mir oft das Blut in den Adern. Noch schlimmer wird ihre Stimme, wenn sie überraschend Ungeziefer entdeckt. Aber absolut nicht auszuhalten ist es, wenn sie singt! Sopran! Schlimm wird es, wenn sie für ihren Chor übt! Und schräg hört sich das an! Sie sagt dann: „Disharmonien sind das Schwerste," und ich sage: „Disharmonien sind das Schrecklichste." Dann hilft nur - Ohren hängen lassen, Schwanz einziehen und in die Diele ins Körbchen und hoffen, dass das Telefon schellt oder an der Tür geklingelt wird. Aber vielleicht würde Frauchen das Schellen gar nicht hören bei all dem Krach,

den sie produziert.
Ganz schlimm wird es vor Konzerten. Ich liege verdrossen umher und hoffe auf ein Ende des Gekreisches.
Meist komme ich mit Frauchen ja bestens aus, aber nicht, wenn die singt oder spitz schreit!
Sie sollte mehr auf die australischen Wissenschaftlerinnen hören oder sich ein Beispiel an den Frauen nehmen, die durch eine tiefere Stimme Reife und Autorität auszudrücken versuchen.
Über mein Gebell hat sich offiziell noch niemand beschwert. Manchmal warfen die Penner nach mir, ohne zu treffen, und ein Tiefbauarbeiter schmiss mit Steinen nach mir, als am Grundstücksende der Weg gebaut wurde.
Die Bauarbeiter von der Großbaustelle neben uns sprachen kein Deutsch und so kann nicht gesagt werden, ob sie über mein Gebell schimpften. Ich hingegen war außer mir vor Erregung, wenn der Baukran fast lautlos über mein Grundstück schwebte.
In ähnliche Aufruhr versetzen mich nur noch die Züge der Bundesbahn bzw. der Deutschen Bahn AG und Heißluftballons sowie Katzen.
Katzen wittere ich von weitem und gerate

außer Kontrolle.
Das Geräusch einer zischenden Gasflamme versetzt mich ebenso in Rage, dabei ist es gleich, ob Dachdecker Pappdächer reparieren oder ob Heißluftballons das Zischen verursachen. Ich kläffe pausenlos und schrill!

Warum bellt ein Hund?
Ich weiß ja, warum ich gerade so und nicht anders belle in eben dieser Situation. Auch meine Familie kennt die unterschiedlichen akustischen Signale und kann daran meine seelische Verfassung ablesen.
Knurren = komm mir nicht zu nahe.
Kurzes Anschlagen = ich warne dich!
Anhaltendes, gemäßigtes Bellen = wenn du nicht hörst, wirst du fühlen!
Gesteigertes Bellen = haltet mich fest, sonst passiert ein Unglück!
Danach gibt es nur noch das ohrenbetäubende Bellen, das meinen ganzen Körper erschüttert und mich unbeschreiblich anstrengt, sodass ich mich möglichst im Wasser abkühlen sollte.
Dieses Bellen ist unumgänglich angesichts einer Katze, eines Baukranes, eines Zuges der Dt. Bahn AG und beim Wahrnehmen einer Gasflamme.

Ich behaupte nun mit Fug und Recht, dass Bellen unsere Sprache und unser Ausdrucksmittel ist. Es soll auf Distanz halten, warnen, drohen.

Es gibt aber auch ein Bellen, das lockt und auffordert.

Es bedeutet: „Komm, spiel mit mir!"

So belle ich, wenn ein Ball vor mir liegt. Gleichzeit wedle ich mit meinem Schwanz und versuche jemandem zu signalisieren, er möge sich mit mir befassen.

Freudig belle ich auch, wenn Frauchen von Besorgungen zurückkehrt und mir ein Leckerchen mitgebracht haben könnte, oder, weil ich dann nicht mehr allein bin.

Nun gibt es aber Untersuchungen von zwei Verhaltensforschern in den USA, die nach vielen Messungen und Abgleichungen von Klangbildern zu dem Ergebnis kamen, dass Hunde ohne tieferen Grund bellen - grundlos sozusagen.

Es hätte eine ganze Menge Geld gespart werden können, wenn ich zu Rate gezogen worden wäre, zudem wäre das Untersuchungsergebnis richtig ausgefallen, denn selbstverständlich ist Bellen eine ganz konkrete Gemüts- und Willensäußerung von Hunden!

Das werden auch die Halter von über fünf Millionen offiziell angemeldeter Hunde in Deutschland bestätigen können. Unser Gebell kann spielend achtzig Dezibel überschreiten und bei Nachbarn zu nervösem Reizmagen oder Nervenstörungen führen. Unser Gebell beschäftigt Gerichte, die uns eine tägliche Bellzeit von insgesamt dreizig Minuten zugestehen, jedoch jeweils nur zehn Minuten am Stück in der Zeit von sieben bis zwölf Uhr oder sechs bis dreizehn Uhr. Nach einer Mittagspause dürfen wir wieder entweder von vierzehn bis einundzwanzig Uhr oder von fünfzehn bis zweiundzwanzig Uhr!
Ich belle auch nachts und habe schon Einbrecher verscheucht!
Über mich hat sich bisher noch niemand offiziell beschwert, obwohl ich spielend dreißig Minuten und länger ununterbrochen mit mindestens achtzig Dezibel kläffe. Aber dann muss schon ein besonderer Grund vorliegen, denn freiwillig verausgabe ich mich nicht so stark.

Belästigungen
Unsere nunmehr zwei Hähne strengen sich beim Krähen ordentlich an. Meist fliegen sie

dafür extra auf den verzinkten Mülleimer, in dem das Hühnerfutter aufbewahrt wird. Einen Misthaufen haben wir nicht und auf den Kompost kommen sie nicht.

Unter Einbeziehung des gesamten Körpers gestalten sie beachtliche Geräusche, die weithin vernehmbar sind. Von unseren drei Küken dieses Sommers ist eines ein Hahn gewesen, der nun eine stattliche Größe erreicht hat.

Das kleinste Küken wurde leider nicht alt, da es die Ausflüge auf das Grundstück weiterhin unternahm, als die beiden anderen schon zu dick waren, um durch den Maschendraht zu schlüpfen. So erinnerten viele, viele schwarz-weiß gemusterte Federn neben der Rankhilfe für die Kletterhortensie an die weiten Ausflüge unseres dritten Kükens.

Ich war zum Tötungszeitpunkt leider nicht im Garten und so bleibt die Frage unbeantwortet, ob ein Greifvogel oder die Katzen vom Nachbargrundstück dafür die Verantwortung tragen.

Die anderen beiden Küken entwickelten sich prächtig. Der junge Hahn ordnet sich seinem Vater unter. Das klappt ganz gut. Schwierigkeiten gibt es jedoch im Stall.

Allabendlich die Streitigkeiten um bevorzugte Sitzplätze auf den Stangen! Tätliche Auseinandersetzungen, Mobbing und psychische Grausamkeiten waren Gang und Gäbe. So entschied Frauchen, dass es nur noch eine untere Stange in unserem Nurdachhühnerstall geben würde, auf der alle ausreichend Platz haben und sich gegenseitig akzeptieren mussten.

Das Problem war gelöst!

Schlechter zu lösen war das Problem der körperlichen Belästigung.

Gleich, wenn morgens die Stalltür hochgezogen wurde, wurden die beiden Hähne aktiv. Sie rasten hinter den Damen her und scherten sich kaum um die hingeschütteten Körner mit Garnelen. Damals gab es noch Garnelen im Hühnerfutter.

Die Damen würden jedoch lieber in Ruhe fressen.

Unser alter Gustav nimmt Rücksicht auf Gundula und akzeptiert, dass sie an seinen Liebesspielen keinen Gefallen mehr findet.

Er lässt sie in Ruhe!

Nicht so sein Sohn!

Da die beiden größeren Graugesprenkelten sich wehren und ihn bei seinen Annähe-

rungsversuchen picken, bleibt ihm seine Schwester, die auch andauernd vor ihm auf der Flucht ist. So stellte er in unerträglichem Maße selbst unserer Zehnjährigen nach.
Die blieb morgens länger im Stall und wartete das Ende der ersten Welle sexueller Belästigung in Ruhe ab. Im Laufe des Tages saß sie oft auf dem First des ehemaligen Kaninchenstalldaches, das gleich neben dem Hühnerstall steht.
Sie ging ihm aus dem Weg.
Eines Tages war Gundula völlig verschwunden. Frauchen schaute in alle Ecken des Stalles und des Hühnergeheges, jedoch gab es keine Anzeichen von unserem weisen, friedfertigen und sehr betagten Huhn. Gerade, als Frauchen auf einen Holzstapel geklettert war, um auf das Katzengrundstück zu schauen, weil sie dort die Überreste unserer Seniorin vermutete, kam diese zum Vorschein! Sie hatte sich, zur Vorbeugung sexueller Bedrängnisse durch den Schnösel von diesem Sommer, in den engen Schlitz zwischen Zaun und Kaninchenstallrückwand gequetscht.
Einerseits waren wir froh, dass die Alte noch lebte, andererseits mussten die Lebensbedingungen im Hühnergehege verändert werden.

Zwei lebensfrohe Hähne und fünf Hühner, darunter eine Greisin, das war nicht die rechte Mischung!

Also musste Herrchen wieder einmal tätig werden, um untragbare Verhältnisse zu bereinigen!

Auch zu Frauchen war der junge Hahn mehrfach äußerst frech! Er pickte ihr in die Zehen und sie hatte mehrere Male kleine Verletzungen, die einen Grind bildeten, davongetragen. Einmal, als sie sich bückte, musste sie sogar befürchten, dass der Junge ihr auf den Kopf fliegen würde. Auch in ihren Fersen versuchte er zu picken.

Da er sich verschiedene Bewohnerinnen unserer Parzelle zu Feindinnen machte - ich konnte ihn übrigens auch nicht leiden - musste Herrchen mit dem Beil einschreiten.

Beim ersten Tötungsversuch machte der Hahn nicht mit. Er kam morgens nicht aus dem Stall, als Herrchen davor wartete. Auch in der folgenden Stunde war er nicht zu fassen, obwohl Herrchen sich eines Korbes und weiterer Hilfsmittel bediente.

Die Fangversuche wurden für den Tag eingestellt.

Aus welchem Grunde der Hahn spürte, dass

sich an diesem Morgen etwas Besonderes in seinem Leben zutragen sollte, ist uns unbekannt.

Dafür vollendete sich sein Schicksal an einem Abend!

Er saß mit den anderen auf der Stange, als Herrchen im Taschenlampenschein zugriff. Es gab einen kurzen Tumult, aber die Stalltür konnte schnell genug geschlossenen werden, bevor die anderen Tiere rauslaufen konnten.

Der junge Hahn war zart, duftete herrlich und schmeckte noch besser, meinten meine Lieben. Ich bekam die Knochen und einige Leckereien.

Unsere Kathrin kriegte nichts ab, denn sie wohnt schon seit einiger Zeit nicht mehr bei uns.

Solange ich denken kann, wurden bei uns bisher nur Hähnchen geschlachtet. Die Hühner sterben entweder von selbst, durch Eingriffe der nachbarlichen Katzen, oder sie leben sehr lange, wie unsere Zehnjährige unter Beweis stellt.

Im Laufe des vorigen Sommers legte sie, nach zweijähriger Pause, etliche Eier. Sie waren krumm und daher leicht erkennbar - oft mit fehlerhafter Schale, aber es waren Eier!

Vita eines greisen Huhnes
Der nächste Morgen war friedlich!
Alle Hühner trauten sich nacheinander aus dem Stall. Gustav krähte ungewöhnlich oft, schien eine Antwort von seinem Sohn zu erwarten.
Aber ernsthaft vermisste den Rowdy offensichtlich niemand!
Alle Hühner scharrten und pickten ungestört. Die Greisin versteckte sich nicht mehr. Das jüngste Huhn musste auch nicht pausenlos auf der Flucht sein. Eine Schwere und Trägheit lag über dem Hühnergehege und über meinem ganzen Garten. Ab und an beglückte Gustav eine seiner Damen, diskret und ohne lautstarke Gegenwehr. Normalität war eingekehrt durch den gewaltsamen Eingriff durch Herrchen und das Beil.
Unsere Zehnjährige hat viele Hähne kommen und gehen sehen.
Bei aller Unterschiedlichkeit hatten sie eins gemein - alle hießen Gustav!
Es begann an Kathrins zehntem oder elftem Geburtstag! Die meisten der kleinen Gäste waren bereits eingetroffen und tobten durch das Haus. Nur der kleine Oliver von gegenüber fehlte noch. Frauchen wusste, dass gerade

dieser Junge sonst einer der pünktlichsten war.
Zudem hatte er den kürzesten Weg!
Wie war die Verspätung zu erklären?
Einige von Kathrins Freundinnen und Freunden schienen das Geheimnis zu kennen und die kleine Manuela aus dem Hochhaus flüsterte etwas zu laut: „Oliver bringt ein Huhn mit!"
Dass dieses Huhn nicht aus Plüsch und Stoff war, stellte sich heraus, als Oliver die Kordel am Karton löste und ein schwarz-schillerndes Huhn zum Vorschein kam. Es hüpfte aus dem Behältnis und stolzierte durch den Garten, bewundert von allen Geburtstagsgästen, ganz besonders von seiner neuen Eigentümerin Kathrin.
Frauchen war eher skeptisch!
Sicher hatte sie sich vor schon langer Zeit Hühner gewünscht und dies auch einmal gegenüber Olivers Vater geäußert, der wiederum sofort zustimmend erkannte, dass in meinen riesigen Garten Hühner wie ganz selbstverständlich hinein gehören würden.
Herrchen lehnte Hühner kategorisch ab.
Er reist gerne.
Frauchen ist eher der Haus- und Hoftyp.
Nun aber galt es, das lebendige Huhn zu

akzeptieren.

Es gab keinen Stall und so war die erste Behausung ein Karton. Wegen der Geburtstagsfeier ließ sich auch nichts Besseres in die Wege leiten.

Die erste Nacht verbrachte das Huhn irgendwo im Garten, keinesfalls im Karton!

Am nächsten Morgen erwachte Herrchen durch das Krähen eines Hahnes, zaghaft, aber bei uns auf dem Grundstück!

Uns ging ein Licht auf!

So wurde das schöne, schwarze, in allen Regenbogenfarben schillernde Zwerghuhn „Gustav" getauft.

Da Männer sich schwertun ohne Frauen, mussten wir schnell handeln. Zwei weiße Partnerinnen in seiner Größe wurden ihm besorgt und schleunigst ein Nurdachstall aus alten Zimmertüren, Dachpappe und weiterem Holz gebaut.

Alle waren ein Wochenende voll im Einsatz und so entstanden ein ganz passabler Stall und ein Hühnergehege.

Maschendraht hatten sie aus der Zeit übrig, als der rückwärtige Grundstückszaun noch niedriger war, bevor allmählich ein von der rechten Seite her wachsender, hoher Bretterzaun den

Einblick auf mein Grundstück fast völlig verhindert.

Der Holzzaun wuchs in der Geschwindigkeit, wie in Herrchens Firma stabile, lange Palettenbretter anfielen, auf denen Badewannen oder Heizkörper angeliefert wurden, und wie er Zeit fand, sie zu einem Schutzwall zu verarbeiten.

Diese Tätigkeit machte er ganz allein. Er wollte nicht durch Frauchen oder Kathrin gestört werden.

Der Zaun steht heute noch!

Auch der Hühnerstall und das Gehege!

Deren Bau war ein Gemeinschaftswerk aller meiner Familienmitglieder und wurde notwendig, weil ich kurze Zeit später hier einzog.

Bis zu dem Zeitpunkt liefen die beiden weißen Hühner und Gustav frei im Garten umher. Es war Winter und so konnten sie nicht viel verderben. Aber, als ich auf der Terrasse erschien, ich war kaum größer, als der schöne, schwarze Hahn, da wurde ich von ihm regelrecht bedroht!

Er plusterte sich ganz nah vor mir auf und sein Schnabel war auf meine Nasenspitze gerichtet!

Freundlich war der Empfang nicht!

Also musste die Freiheit des Federviehs eingeschränkt werden.

Herrchen setzte Pfähle und alle zerrten an der grünen Drahtrolle, hielten fest oder spannten stramm.
Die Drahtrolle lag sowieso immer griffbereit!
Über viele Monate, vielleicht war es auch über ein Jahr lang, wurde unser Zaun regelmäßig aufgeschnitten.
Kleine Zaunteile von etwa 20 Zentimetern Länge nahm der Zaunschneider mit!
Im Laufe der Zeit muss er eine ganze Sammlung zusammengekriegt haben, denn er kam wöchentlich bis zu drei Mal.
Gesehen haben wir nie etwas von ihm. Lediglich die Löcher im Zaun waren Beleg für seinen Fleiß.
Herrchen machte in jener Zeit ganz automatisch nach Feierabend seinen Patrouillengang am Zaun entlang und ersetzte die fehlenden Stücke. So bekam der Zaun ein recht eigenwilliges Aussehen! Einmal, als Frauchen die Faxen dicke hatte, ging sie zur Polizei und erstattete Anzeige wegen Sachbeschädigung.
Der Beamte fragte sie, ob sie einen Verdacht habe, wer hinter dieser Straftat stecken könne, aber wir kennen keinen, der kunststoffummäntelte, grüne Zaunstücke sammelt.

Der Beamte sagte noch, dass manchmal jemand etwas tut, um in die Zeitung zu kommen.
„Rowdytum am Marktplatz" oder „Anlieger empört! Wiederholungstäter schlug erneut zu!" Diesen Gefallen taten wir dem Zaunstückchendieb nicht.
Irgendwann hörte es auf. Einfach so wie es begann.
Vielleicht wurde dem Täter die Geschichte zu arbeitsaufwendig, oder er war enttäuscht, weil er keine öffentliche Erwähnung erfuhr. Mag sein, dass er genügend Schrott zusammen hatte oder einfach gestorben ist.
Gerade, als wir uns schon fast an die Zaunzerstörungen gewöhnt hatten, unterblieben sie.
So reichte die Maschendrahtrolle für das Hühnergehege aus.
Inzwischen hatte Herrchen seinen Palettenbretterzaun fast beendet.
Wie der prächtige, schwarze Gustav zu Tode kam, ist mir leider entfallen. Seine beiden weißen Frauen waren eines Nachts verschwunden. In der Folgezeit wurde der Hühnerstall regelmäßiger verschlossen.
Danach bevölkerten ein weißer Hahn und vier

grau gesprenkelte Niederrheiner das Gehege. Und die zutraulichen, geschwätzigen Zwerghennen begannen auch gleich zu brüten. Sie bekamen im Laufe des ersten Jahres bei uns zwanzig Küken.
Acht davon fraßen die verwilderten Hauskatzen vom Nachbargrundstück. Eines habe ich mir geschnappt und bekam die fürchterlichste Strafe meines Lebens! Ich wurde wüst beschimpft und für einige Tage an einen Strick gebunden.
Der weiße Gustav starb zusammen mit vier seiner Söhne durch das Beil.
Als die Junghähne zu krähen begannen und auch durch gesteigertes Interesse an der weiblichen Hühnergehegebevölkerung signalisierten, dass sie erwachsen wurden, durchkreuzte ihr Vater das ungezügelte Leben seiner Nachkommenschaft. Damit hatte er unentwegt zu tun und das gelang ihm auch nur so lange, bis sich seine Söhne verbündeten. Als die erkannten, dass sie ein gemeinsames Ziel hatten, aber auch einen gemeinsamen Feind, bekämpften sie Gustav den II.
Der litt unter Ehrverlust und Bewegungsfreiheit, denn seine Söhne ließen ihn nicht mehr aus dem Stall!

Er war ein gebrochener Hahn!
Er hockte in einer Ecke des Stalles und zuckte erschreckt zusammen, wenn die Stalltür geöffnet wurde.
Ganz klein und kraftlos sah er aus!
Und so musste Herrchen tätig werden.
Danach war es wieder friedlicher bei uns.
Übrig blieben alle Hühnchen und ein rotbraun-schwarz-weiß gemusterter Junghahn.
Unsere Zehnjährige ist goldbraun mit einigen dunkelbraunen Federn und eine Tochter des weißen Gustavs und der grau gesprenkelten Niederrheiner.
Die schönsten Erinnerungen hat unsere Seniorin an einen grau gesprenkelten Hahn.

Schöne Erinnerungen
Ich kann nicht mitreden, wenn es um Liebschaften und eheähnliche Lebensgemeinschaften geht. Auf mich wurde durch meine Familie leider immer zu gut aufgepasst und so blieb mein Liebesleben auf der Strecke. Allmählich habe ich mich fast daran gewöhnt, dass mir nur die Streicheleien meiner Familie und manchmal von unseren Besuchern zustehen. An eigene Welpen konnte ich nie gelangen, obwohl ich so manchen Verehrer

hatte.

Unsere Zehnjährige lebte lange Zeit mit einer Schwester und Gustav dem IV. friedlich zusammen. Alle drei verstanden sich gut. Gustav krähte morgens pünktlich und den ganzen Tag über scharrten sie nach Würmchen, pickten Körner. Die Hennen legten regelmäßig eines ihrer kleinen Eier und abends ging man unaufgefordert in den Stall. Es war eine harmonische Zeit.

Dann kam jener Sonntagmittag, an dem Frauchen das durch die wilden Katzen getötete Huhn und die beiden schwerverletzten Tiere fand. Natürlich war sie sauer, als sie die alte Frau, die regelmäßig die verwilderten Katzen fütterte, locken hörte: „Komm! Milli, Milli, Milli!"

Noch saurer war sie über die Dreistigkeit der militanten Katzenfreundevereinsvorsitzenden in dem anschließenden Telefonat.

Gustav hatte blutende Stellen am Kopf und Gleichgewichtsstörungen behinderten ihn stark. Gundula erholte sich schneller. Aber auch Gustav der IV. genas und nach einiger Zeit war den beiden von dem Mordversuch nichts mehr anzumerken.

Sie lebten lange glücklich zusammen, bis wir

von einer Bekannten drei Zwerghühner und einen Hahn geschenkt bekommen sollten. Die Bekannte glaubte Frauchen nicht, dass die beiden Hähne sich bekämpfen würden. So musste sie durch Inaugenscheinnahme überzeugt werden.

Der erbitterte Kampf zwischen Gustav und dem Neuling ließ keinen Fehlschluss zu und so nahm die Bekannte ihren Zwerghahn und ein Hühnchen wieder mit.

Gustav war in diesem Kampf zwar Sieger geblieben, aber man konnte erkennen, wie sehr er sich mühen musste.

Wir hatten ja schon vor langer Zeit die Erfahrung gemacht, wie sehr seelischer Kummer die Gesundheit und Lebensfreude von Hähnen beeinträchtigen kann und wollten Gustav dem IV. die Konkurrenz eines Jüngeren ersparen. Ein solches Schicksal hatte er nicht verdient, der den Überfall der Katzen schwer verletzt überstand und mit Gundula einen geruhsamen Lebensabend verbringen sollte.

Einige Würze in die bisherige Gelassenheit im Hühnerstall brachten die beiden neuen, jungen Hühner, die unsere Bekannte bei uns zurückließ.

Aufteilung der Sympathie
Unserer Zehnjährigen merkte man keinerlei Eifersucht auf die jüngere Konkurrenz an. Lediglich im Hühnerstall beim Streit um die Plätze auf der oberen Stange verlor sie ihre Vorrangstellung. Sie musste sich mit einem Platz auf der unteren Stange begnügen. Scheinbar fehlte ihr das Durchsetzungsvermögen gegen die beiden Neuen. Aber Gustav der IV. zeigte ungewöhnliche Verhaltensweisen und übernachtete mit kaum zu glaubender Regelmäßigkeit einen Abend bei den beiden jungen Hühnern auf der obersten Stange und am nächsten Abend unten bei seiner Gundula. Jeden zweiten Abend wählte er eigenbestimmt den sozialen Abstieg im Hühnerstall, denn als einzigem Hahn steht ihm selbstredend ein Ehrenplatz auf der höchsten Stange zu! Durch die konsequente Aufteilung seiner Sympathie ersparte er der ältesten Zwingerbewohnerin Kummer und Gram.
Vielleicht lebte sie deshalb so lange!
Die beiden Neuen waren kaum größer als Tauben. Leider konnten sie auch fast so gut fliegen. An einer kleinen Stelle oberhalb des weißen Holztores fanden sie immer wieder

einen Durchschlupf und segelten in meinen Garten. Eine ganz besonders gute Fliegerin war das allerkleinste Huhn. Manchmal war es tagelang nicht im Hühnerzwinger, dann sahen wir es wieder kurz zum Fressen, nachts fehlte es ganz. Ich wusste natürlich, was da vor sich ging, konnte mich aber nicht verständlich machen.

Wie bereits beschrieben, grübelte Frauchen die ganze Zeit über das Verschwinden der Kleinen nach und hatte den Verdacht, dass auch sie den Katzen vom Nachbargrundstück zum Opfer gefallen sei, als sie sie entdeckte.

Im grün-weißlich gestreiften Gras neben dem Gartenteich saß die Kleine und brütete Eier aus. Natürlich konnte die Glucke dort nicht sitzen bleiben und so transportierte Frauchen das Nest behutsam in den Hühnerstall und beendete ungewollt die Vermehrung, denn die kleine Glucke kümmerte sich nicht mehr um das Gelege.

Verständlich wurde uns nun auch, warum die andere Junge und die Seniorin plötzlich keine Eier mehr gelegt hatten.

Sie sorgten mit ihren, von uns nicht bemerkten Ausflügen dafür, dass sich das Nest der Glucke im gestreiften Gras mit Eiern füllte.

Das gemeinsame Bemühen unserer drei Hühner, für Nachwuchs zu sorgen, erstaunte uns. Fast hätte es auch geklappt, wenn Frauchen nicht wieder übertrieben fürsorglich gewesen wäre. Damals wusste sie noch nicht, dass eine Glucke niemals wieder auf ihr Gelege geht, wenn das verlagert wurde.
Der Vater dieser Küken wäre übrigens Gustav der V. gewesen. Sein Vorgänger war einige Zeit zuvor eines natürlichen Todes gestorben.
Schon wegen der Ermangelung eines Hahnes konnte aus den zuvor durch Frauchen und Herrchen vereitelten Brütversuchen kein Nachwuchs entstehen, aber den Zusammenhang zwischen Befruchtung und Schlüpfen schienen unsere drei Hennen nicht zu kennen.
Sie brüteten unverdrossen weiter.
Zunächst versteckten sie ein Nest im alten Kaninchenstall, in dem nun das Stroh lagerte und entwickelten schließlich die Idee eines Nestes außerhalb ihres Geheges.
Sie brauchten unbedingt einen neuen Hahn!
So kam der scheue Gustav V. aus dem Tierpark zu uns.
Bei den Züchtern war so schnell keiner zu bekommen. Die mit den ganz offensichtlichen

körperlichen Fehlern, mit Kammschäden oder zu großem Wuchs waren schon geschlachtet worden und die makellosen bekamen wir nie, weil die preisverdächtig sein könnten.
Also blieb uns nur der Weg zum Tierpark!
Obwohl Frauchen eigentlich überhaupt keine Zeit hatte, weil unser Haus- und Hoftechniker Werner schon wochenlang bei uns arbeitete und sie wochenlang Handlangerarbeiten leisten musste oder Baumaterial einzukaufen hatte, fuhr sie eines Nachmittags in brüllender Hitze zum Tierpark am anderen Ende der Stadt.
Ich durfte nicht mit!
Nachdem sie vor dem Kleinhähnegehege den wunderschön bunten mit langen, glänzenden Schwanzfedern ausgewählt hatte und der die Fahrt im heißen Auto überlebte, verließ er behutsam die Kiste, schaute sich vorsichtig um und versteckte sich sofort.
Seine Ängstlichkeit hat er Zeit seines nicht sehr langen Lebens bei uns nie abgelegt. Es schien mir, als würde er von den Hennen beschützt!
So einen Feigling hat es hier noch nicht gegeben! Er war total verhaltensgestört und wir vermuteten, dass das an der Massen-

hähnehaltung im Tierpark liegen müsse. Ich könnte auch nicht mit dreißig oder fünfzig Hündinnen zusammenleben. Manche sind schon sehr aggressiv, denen wir auf Spaziergängen begegnen. Deutlich spüre ich ihre feindselige Haltung und fletsche schon einmal vorsorglich die Zähne. Ich würde keinesfalls mit allen Hündinnen auskommen und bin froh, der erste und einzige Hund meiner Familie zu sein.
Ob der scheue Hahn überhaupt jemals für Nachwuchs sorgen können würde, blieb lange Zeit ungewiss, aber die vierzehn befruchteten Eier im grün-weißlich gestreiften Gras sprachen in diesem Punkt eine deutliche Sprache.
Das hatte ich ihm gar nicht zugetraut, dem Leisetreter, denn bisher waren mir seine Liebesbestrebungen verborgen geblieben. Zuvor glaubte ich eine lange Zeit, er könne nur krähen, anfänglich schüchtern, dann jedoch mit großer Durchdringlichkeit.

Ungewöhnliche Freundschaft
Aber sehr lange lebte der Wunderschöne leider nicht, obwohl er nach Auskunft der Tiergartenmänner bei seinem Erwerb erst eini-

ge Monate alt gewesen sein sollte.
In der Folgezeit mussten wir auf das morgendliche Krähen verzichten.
Mir bedeutet es sowieso nicht viel, aber Frauchen!
Sie findet es gemütlich!
Ob unsere Nachbarn auch so denken, ist nicht bekannt. Man hört unsere Hähne bis zum Einkaufszentrum und quer über den Markt.
Das besonders flugbegabte, kleine, braune Hühnchen war auch eines Tages verschwunden - für immer! Als wir es fanden, lag es eingepfercht unter dem Holzstapel beim Kompost und wies Verletzungen im Hals- und Brustbereich auf. Was mich besonders ärgerte war, dass die Katzen es fast vollständig liegengelassen hatten. Dennoch hat Frauchen es nicht für mich zubereitete! Es wurde beerdigt.
Übrig blieben die Seniorin und das andere flugbegeisterte, braune Hühnchen von der Bekannten.
Die beiden verstanden sich unglaublich gut. Sie unterhielten sich fast den ganzen Tag leise, waren gemeinsam erfreut nach dem Legen eines Eis, gakelten erregt beim Auffinden eines Regenwurmes. Sie verlebten eine lange,

hähnelose Zeit, da die Züchter wieder keine rausrücken wollten und wir auf einen verhaltensauffälligen Angsthasen aus dem Tierpark gerne verzichteten. Natürlich wollte die junge Henne wieder brüten und durfte nicht, weil regelmäßig das Ei der Seniorin aus dem Nest genommen wurde.

Ein Versteck außerhalb des Geheges konnte auch nicht mehr angeflogen werden, weil ihnen schon seit langer Zeit die Flügel sorgsam gestutzt wurden. Herrchen fängt die Hühner und hält sie fest, während Frauchen jede zweite Feder kürzt. Die Maßnahme soll zwar für die Hühner schmerzfrei sein, wenn die Federn nicht zu weit abgeschnitten werden, aber eine reine Freude scheint sie ihnen nicht gerade zu bereiten. Sie machen ein erbarmungswürdiges Geschrei.

Ich mache überhaupt keinen Muckser, wenn mir verzottelte Stellen aus dem Fell geschnitten werden. Es tut auch kein bisschen weh!

Nach einigen Wochen sah die junge Glucke offensichtlich ein, dass es mit dem Mutterwerden auch dieses Mal nicht klappen würde und verließ das Nest.

Wohin aber mit aller Liebe und Fürsorge, die

für die Kleinen gewachsen war?
Ganz selbstverständlich stellte sich Gundula zur Verfügung. Sicher kannte auch sie, genau wie ich, die Wehmut nach Kindern und verstand die Gefühle der verhinderten Mutter nur zu genau. So ließ sie sich bemuttern, kam artig angelaufen, wenn die Glucke mit lockenden Tönen rief und ließ sich füttern und verwöhnen. Sie nahm Verhaltensweisen von Küken an und half der Glucke, ihre Kinderlosigkeit zu vergessen.
Bis heute sind sich die beiden Hühner in ungewöhnlicher Freundschaft zugetan.
Kurz war das Leben eines sattbraunen Zwerghuhnes, das wir geschenkt bekamen, als Frauchen einen weiteren, ernsthaften Versuch unternahm, einen Hahn zu erwerben. Nein, einen Hahn hatte der Züchter nicht übrig, aber als er Frauchens Begeisterung für das Federvieh registrierte, schenkte er ihr ein Huhn.
Es war sehr zutraulich.
Unsere anderen beiden Hühner stellten nach kurzer Zeit die üblichen Schikanen ein, die fällig sind, wenn es geschlechtergleichen Zuzug gibt, und es herrschte wieder Harmonie. Leider fraß das neue Huhn leidenschaftlich

gern Regenwürmer, die Frauchen während der vorsommerlichen Gartenarbeit zu Hauf sammelte und durch das Gehege warf. Es war vermutlich diese Kost nicht gewöhnt, bekam Durchfall und starb.

Bis zum Herbst waren die beiden Freundinnen wieder allein und glücklich. Als wir den Hahn und die beiden Hennen mit den silbrigen, schwarz umrandeten Federn bekamen, gab es die schon erwähnten Zankereien und Boshaftigkeiten, wegen derer unsere Seniorin fast verstorben war, weil sie auf der obersten Stange, von der sie sich keinesfalls vertreiben lassen wollte, so unter die Schräge des Nurdachstalles gequetscht wurde, dass sie Atembeschwerden bekam. Möglicherweise hatte sie sogar eine Lungenentzündung, von der sie durch Speckwürfelchen und Kamillentee oder einfach von allein genas. Das greise Huhn lebt heute noch und ist in dem Augenblick, wo dies schreibe, zehneinhalb Jahre alt.

Friedliches Miteinander kehrte wieder im Hühnergehege ein, weil Herrchen den überaus lüsternen Junghahn schlachtete und Frauchen alle Stangen im Stall entfernen ließ bis auf eine. Letzteres hat sehr zur sozialen Gleichstellung unseres Federviehs beigetragen.

Glück gehabt
Während ich über das lange, meist glückliche Leben unseres Seniorhuhnes nachsann, hat sich hier wieder eine ganze Menge ereignet. Seit zwei Tagen liegt eine dünne Schneedecke über meinem Garten. Herrchen hat gerade die Weihnachtsbeleuchtung am kleinwüchsigen Boskopbaum befestigt, nachdem wir einen langen Spaziergang durch die Felder gemacht hatten.
Zwischendurch schneite es dicke Flocken und mein Fell wurde nass. Frauchen hatte einen Schirm aufgespannt. Ich erschnüffelte die Fährten von Kaninchen. Wir sahen in großer Entfernung sechs Rehe und viele Krähen. Als wir die Schienen der Deutschen Bahn überquerten, war weit und breit nichts von einem Zug zu sehen und so brauchte ich mich nicht über meinen Erzfeind aufzuregen. Wir gingen zügig vorwärts und die Bewegung machte uns Spaß! Wieder zuhause angekommen, kochte Herrchen Kaffee und sie aßen Bratäpfel mit Zucker und Zimt.
Ich bekam Dosenfutter.
Auch ich habe bereits ein langes Leben hinter

mir. Es war überwiegend schön.

Mit meiner Familie habe ich Glück gehabt. Zum Jahreswechsel vor zwei Jahren versprach Frauchens Horoskop ihr ein Jahr, in dem sie viel Glück haben würde. Sie könne anfassen, was sie wolle, alles würde glücklich enden. Der erste Gedanke, der ihr beim Lesen dieses Textes in den Sinn kam, war die Veröffentlichung meines Buches: „Ist das ein schöner Hund, oder: Geschichten aus dem Hühnerstall". Sie wandte sich an einen Verlag, ermutigt durch die Weissagungen des Horoskopes, aber der Verlag musste im Verlaufe des Jahres seinen Betrieb einstellen.

Sicher hatte Frauchen mehr Glück gehabt mit dem Nichtzustandekommen meines Buches als der Verlagsinhaber mit seinem Konkurs. Aber enttäuscht war sie trotzdem.

Dann, bei der Auswahl einer neuen Mieterin, kann man auch von Glück sagen, dass uns ein überaus fähiger Rechtsanwalt zur Seite stand, als es galt, sich der Störenfriedin so schnell wie möglich zu entledigen. Ich war erleichtert, weil Ruhe einkehrte auf meinem Grundstück und ich endlich wieder zum Schlafen kam.

Das war kein Leben mit der lauten Musik und den vielen meist männlichen Besuchern.

Ich kläffte noch mehr als sonst.
Frauchen und Herrchen waren auch sehr gereizt. Frauchen bezweifelte die Aussage des Horoskops, das ihr ein bombiges Jahr garantierte.
Ganz zweifellos hatte sie zumindest einmal Glück, als sie zur rechten Zeit am rechten Ort war und zwar vor dem Gebäude der Volkshochschule, wo sie seit vielen Jahren regelmäßig Frauenradiosendungen produziert. Und zwar kurz vor dem Ablaufen des Parkscheins. Als Frauchen eine Sendung beenden wollte, glaubte sie mit einer Stunde, gleich einem Euro Parkgebühren, auszukommen.
Aber wie so oft, verzögerte sich der technische Teil und sie warf eine weitere Münze in den Parkscheinautomaten.
Gerade heftete eine Politesse ein Knöllchen an die Windschutzscheibe des Autos, das vor Frauchens stand.
Im Vorbeigehen sagte sie zur Bediensteten des Straßenverkehrsamtes: „Da habe ich ja gerade Glück gehabt!"
Diese freundliche Geste hätte sie besser unterdrückt, denn plötzlich entlud sich eine unerklärliche Gereiztheit der Dame im blauen

Dress. „Gerade noch Glück gehabt! Gerade noch Glück gehabt! Wenn ich das schon höre! Sie sind hier doch Schülerin und haben mich vom Fenster aus gesehen und sind dann schnell runtergelaufen! Das ist doch immer das Gleiche! Wenn ich dann noch höre - ‚gerade Glück gehabt'!"
Die Politesse sprach mit zornunterdrückter Stimme. Freundlich lächelnd erwiderte Frauchen, dass sie weder Kursteilnehmerin der VHS sei, noch von ihren Fenstern Einblick auf die Straße nehmen könne. Zum Beweis ihres Glückes und damit die Politesse sich nicht noch weiter aufregen sollte, zeigte ihr Frauchen den vor genau zwei Minuten abgelaufenen Parkschein und legte den neuen hinter die Windschutzscheibe. Frauchen freute sich ehrlich, dass sie gerade jetzt punktum am Parkscheinautomaten war, denn gewöhnlich ist sie nicht überpünktlich. Sie freute sich insbesondere auch deshalb, weil die für den ruhenden Verkehr Zuständige nur ein Auto entfernt tätig war.
Diese erfasste die Situation nicht und sagte gereizt, im Parkhaus um die Ecke könne Frauchen für fünf Euro den ganzen Tag lang parken. Frauchen wollte aber ursprünglich nur

eine Stunde! Und im Übrigen sei eine Straße weiter eine Stelle, wo man noch mit Parkscheibe stehen darf, führte die Politesse weiter aus. An der Neubaustelle der Polizei sei überhaupt keine Regelung getroffen. Sie sprach mit tonlos verärgerter Stimme.
Interessiert hörte Frauchen zu und bedankte sich aufrichtig für die Parkplatztipps.
Inzwischen hat sie mehrmals an den beiden letztgenannten Stellen ihr Auto abgestellt.
Frauchen erwiderte, sie komme aus einem Vorort und kenne die günstigen Stellen hier in der City nicht unbedingt, als die Politesse noch saurer wurde. Sie komme auch aus einem anderen Vorort, sie hatte übrigens blonde Haare, und wisse dennoch hier Bescheid.
Sie hätte überhaupt nichts davon, wenn sie Strafzettel ausstellen würde, behauptete sie, aber sie schien auch nicht glücklich, wenn sie keine Gelegenheit dazu hatte.
Und wieder rieb sie sich an Frauchens Ausspruch vom Glück.
Frauchen entgegnete, dass die Politesse sicher auch von Glück sprechen würde, wenn sie als Privatperson möglicherweise in einer anderen Stadt zur rechten Zeit zu ihrem Auto zurückgekehrt wäre. Sie bat um den Namen

der Straßenverkehrsamtsdienerin. Er wurde ihr vorenthalten!
Nach weiteren Ausführungen der Politesse stellte Frauchen sachlich freundlich fest, die blaugewandete Dame ohne Namen sei frustriert!
Nein, sie sei keinesfalls frustriert und wieder folgte ein längeres Dementi. Frauchen sagte, sie habe viel Verständnis für die Schwierigkeiten im Berufe eines Politesse! Wer zahlt schon gern Strafen? Jedoch müsse zur Vermeidung heikler Situationen von ihnen ebenso beigetragen werden. Leicht konnte am gerade abgelaufenen Parkschein erkannt werden, das hier eine pünktlich zahlende Parkerin vor ihr stand, die arglos behauptete, sie habe gerade noch mal Glück gehabt. Eigentlich versuchte diese mit einer menschlich-freundlichen Geste den harten Dienst einer Politesse zu erhellen.
Das war gänzlich misslungen!
Wäre Frauchen wortlos vorbeigegangen, wären zwar nicht zehn Minuten des neuen Parkscheins abgelaufen, aber sie hätte auch ein für sie aufschlussreiches Gespräch nicht gehabt. Vor allen Dingen wären ihr die beiden günstigen Parkstellen nicht erschlossen wor-

den.
Ob Frauchen in Zukunft sturer sein wird, bezweifle ich.
Mir gefällt sie so, wie sie ist: neugierig auf Situationen, Menschen, Hunde und Hühner.
Ich finde, ich habe Glück mit ihr!
So ist sie nun einmal: kontaktfreudig und oft ein bisschen dösig!
Nur so ist die nachfolgende, schon etwas ältere Geschichte zu erklären.
Bezahlt einen Euro in der 35. Woche, Donnerstag um 12.53!
Von außen gut lesbar hinter die Windschutzscheibe legen!
Bevor sie jedoch dazu kam, den Parkschein ins Auto zu legen, knüpfte Frauchen viele Kontakte. Natürlich hatte sie kein passendes Geld bei sich. Fünf einzelne Zehn-Cent-Stücke versuchte sie in ein Fünfzig-Cent-Stück zu wechseln.
Dafür sprach sie sechs Parkplatzsuchende an.
Alle waren wirklich reizend, nur konnte ihr niemand helfen!
Endlich hatte sie Glück und erhielt die gewünschte Münze.
Am Parkscheinautomaten kam die Ernüchterung!

Sie benötigte ein Euro-Stück!
Die einstimmig vom Stadtrat beschlossene Gebührenerhöhung zu Beginn des Jahres hatte Frauchen wohl nicht ganz mitbekommen. Mit ihrem mühselig getauschten Fünfzig-Cent-Stück war an dem Parkscheinautomaten schon länger nichts mehr zu machen! Wieder bat sie Ankommende, ihr zehn Euro zu wechseln und hatte sofort Glück. Der erste Autofahrer und seine Begleiterin schmissen zusammen. So bekam Frauchen eine Menge Münzgeld, mit dem sie beliebig lange hätte parken können, wollte aber für eine schnelle Erledigung nur ganz, ganz kurz.
Die Münzbeschaffung erforderte fast ebenso lange Zeit wie die Besorgung selbst. Von den Angesprochenen vor dem Münzgeldautomaten verstand niemand etwas falsch. Alle waren freundlich und hilfsbereit. Ganz anders als die blonde, frustrierte Politesse aus der Vorstadt!

Mißverständnisse
Herrchen wäre die Geschichte mit der Politesse erst gar nicht passiert, weil er wortkarger oder unfreundlicher ist.
Ich hätte auch nicht so lange zugehört wie Frauchen. Ich hätte sofort gebellt. Auch bei

dem nachfolgenden Ereignis hätte ich nicht nur gebellt, sondern auch gebissen! Aber, wenn es richtig spannend wird, werde ich in der Diele zurückgelassen und höre Frauchens Geschimpfe, wenn sie Herrchen alles berichtet.

Unter deutschen Städten tickt eine Zeitbombe, konnte man aus den Medien erfahren, denn von den dreihundertfünfundzwanzigtausend Kilometer langen Abwasserkanälen allein in Westdeutschland sind über die Hälfte über fünfundzwanzig Jahre alt. Zwölf Prozent sind älter als fünfundsiebzig Jahre. Ja, und so eine Zeitbombe wurde auf unserer Straße monatelang entschärft.

Natürlich ging das nur sehr geräuschvoll. Meinen empfindlichen Ohren war das zu viel! Ich lag missmutig im Körbchen und ertrug das Geratter der Baumaschinen.

Frauchen behauptete: „Damit müssen wir noch einige Zeit leben!" Nicht leben wollte sie offensichtlich mit den zugeparkten Einfahrten! Dass es Behinderungen und viel Staub gab, nahmen wir gelassen hin, nicht aber die unnötig, unachtsam oder böswillig verstellten Einfahrten! Besonders stieß es ihr auf, wenn die Firmenfahrzeuge und die Autos der

Arbeiter oder Firmeninhaber stundenlang davor standen!
Und das immer wieder!
Wenn sie mit ihrem Auto wegfahren musste, kam erst die Sucherei durch Staub und Geröll, um jemanden zu finden, der den Schlüssel hatte für das Fahrzeug, das wieder einmal die Einfahrt verstellte. Wieder warten, bis der sich dann die Zeit nahm, das Gefährt zu rangieren. Frauchens Schuhe waren inzwischen total staubig und andere Kleidungstücke angestaubt.
Da sie, wenn sie wegfährt und mich allein in der Diele lässt, einen Termin hat, bei dem sie ordentlich aussehen möchte, wurde sie ob der zugeparkten Einfahrten oft sauer. Einmal stand der Pkw eines Firmeninhabers sogar auf Frauchens Stellplatz in unserer Einfahrt!
Als sie von ihren Erledigungen zurückkam, musste sie erst nach ihm fahnden, um ihren fahrbaren Untersatz aus der Gefahrenlinie der Baufahrzeuge bringen zu können.
Da musste Herrchen ran und den Männern unmissverständlich erklären, dass sie auf meinem Grundstück nun wirklich nichts verloren hätten.
Für kurze Zeit wurden unsere Rechte beachtet.
Ganz dicke kam es, als drei riesige Betonrohre

direkt hinter der Stoßstange von Frauchens Auto gelagert wurden.

Es waren die einzigen Betonrohre, die nachgeliefert wurden, nachdem alle anderen Abwasserrohre längst verbuddelt worden waren.

Das sah stark nach Machtdemonstration aus und wir glaubten, die Bauleute wollten Frauchen schikanieren. Einen riesigen Platz zum Lagern von Baustoffen, für den Baucontainer und zum Parken der Firmenfahrzeuge gab es vis-á-vis auf einem städtischen Grundstück. Das stand der Baufirma während der Straßenbaumaßnahme uneingeschränkt zur Verfügung.

Die drei Abwasserrohre lagerten am denkbar ungünstigsten Platz und blieben liegen! Am Abend machte Herrchen den nettesten Juniorchef auf die missliche Lage der Rohre aufmerksam. Der Mitinhaber sagte, er habe sich auch schon gewundert, warum die Röhren gerade dort abgeladen worden seien. Er versprach, sie am nächsten Morgen umzulagern. Das tat er auch. Als Frau mit Bauleuten zu verhandeln, scheint schwerer zu sein, als ich bisher geglaubt hatte.

Mich würden sie bestimmt leicht verstehen,

wenn ich bellen und beißen würde! Aber Frauchen sprich wohl nicht die richtige Sprache. Meines Erachtens ist sie wortreich höflich und bekam auf ihre Bitte, den schrillblauen BMW des jüngsten Juniorchefs vor ihrer Einfahrt zu entfernen, von ihm zur Antwort, sie solle keine Opern quatschen, solle einfach sagen, das Auto müsse da weg!
Ein Prolet soll er nicht sein, soll angeblich parallel zu unserer Straßenbaumaßnahme studiert haben.
Mit Sicherheit war er begriffsstutzig und schwer von Capé, sonst wären die Behinderungen überhaupt nicht entstanden! Aus Bequemlichkeit benutzen sie nicht den zur Verfügung stehenden Lagerplatz und sorgen damit für Unbequemlichkeiten bei meinem Frauchen.

Verständnisschwierigkeite und die Folgen

Die Kanalerneuerung auf unserer Straße war nur für die gegenüberliegenden Häuser.
Wir sind an die Kanalisation hinter den Gärten angeschlossen!
Als auch dort vor einiger Zeit ein neuer Marktplatz und ein Rad- und Fußweg gebaut

wurden, während der Maßnahme wurde ich wegen meiner Wachsamkeit und damit verbundener Bellerei von einem Bauarbeiter mit Steinen beworfen - er traf mich aber nicht - und wegen Gustavs Krähen auch gemeckert wurde, sagte Frauchen durch den Zaun, dass die Arbeiter bitte auf den Sickerschacht achten möchten, der dort liegen müsse.
Sie fanden ihn nicht!
Allzu wichtig schien Frauchen die Angelegenheit nicht zu sein, da wir noch nie Schwierigkeiten mit verstopften Rohren hatten.
Aber unsere Nachbarin!
Für sie war das Freilegen ihres Sickerschachtes von großer Bedeutung, denn sie hatte schon häufiger einen Rohrreinigungsdienst mit der Beseitigung von Verstopfungen im Abwasserkanal beauftragen müssen. Dafür sei die Kenntnis der genauen Lage des Sickerschachtes vorteilhaft, machte sie uns deutlich. Jedoch bei den Bauarbeitern konnte sich unsere Nachbarin scheinbar nur unverständlich ausdrücken. Häufig brachte sie ihre Wünsche auf Suchen des Kanaldeckels vor.
Jedoch ohne Erfolg!
Niemand schien sich für ihre, wohl berechtigten Wünsche, zu interessieren! Wenn sie auf

der Baustelle erschien, drehte man sich ab.
Weder die Arbeiter, noch den Ingenieur und schon gar nicht den leitenden Architekten interessierten die Anliegen unserer Nachbarin.
So kam sie während der Rad- und Fußwegbauphase noch häufiger als sonst mit Leckerchen zu uns.
Manchmal merkte sie vor unserer Haustür, dass sie es vergessen hatte, ging dann zurück und holte mir die Köstlichkeiten. Früher hatte sie einen schwarzen Pudel namens Blinka.
Oft wirkte unsere Nachbarin erregt und bat Frauchen wiederholt um Unterstützung.
Irgendwann fand die eine Zeichnung - vom Bauamt genehmigt - die klar erkennen ließ, wo unser Gullideckel unter dem bereits eingesäten Rasen zu suchen war.
Mit der Zeichnung konnte zumindest der Beweis angetreten werden, dass es überhaupt an dieser Stelle Kanalanschlüsse geben musste!
Als eine große Kommission die Endabnahme vornahm, rief unsere Nachbarin an und bat Frauchen, mit der Zeichnung und guten Argumenten zum neuen Marktplatz zu kommen.
Insgeheim hofften die beiden Frauen, geneh-

migte Baupläne könnten die anwesenden Männer beeindrucken.
Jedoch weit gefehlt!
Zunächst mussten sich die beiden den Vorwurf anhören, dass sie ja wohl reichlich spät ihr Anliegen vorbringen würden, schließlich sei bereits alles fertig und eingesät.
Das war doch wohl die Höhe!
Den Bauarbeiter, den Frauchen sofort zu Beginn der Baumaßnahme durch den Zaun ansprach und darum bat, auf den Gullideckel zu achten, sah sie über den Platz kommen und erinnerte ihn an das Gespräch. „Nee, da war keine Deckel!" sagte er.
Eindeutiger ging es nicht!
Nun bezweifelte ein Angestellter der Baufirma die Richtigkeit der Zeichnung. Dass der Sickerschacht damals überhaupt gebaut wurde, konnte er nicht glauben, sagte er.
Spätestens da wurde Frauchen lebhaft und erwiderte, dass alle anderen eingezeichneten Schächte auf dem Grundstück vorhanden seien und ausgerechnet der wichtigste vor dem Kanalrohr sollte fehlen?
Plötzlich hörten alle zu, die sonst desinteressiert schienen.
Besonders gut zugehört hat ein leitender Herr

des Tiefbauamtes.
Der Kanal wurde mit Kameras begangen, Farben wurden in den Toiletten runtergespült.
Als keine Klarheit geschaffen werden konnte, musste zeitintensiv aufgebaggert werden.
Und kostspielig, wie der Fahrer des kleinen Baggers Frauchen erzählte.
Es dauerte mehrere Tage, bis die Gullideckel für alle Grundstücksnachbarn freigelegt waren.
Wäre die aufwendige Suche zu einem späteren Zeitpunkt erfolgt, wäre sie zu Lasten des jeweiligen Hauseigentümers gegangen.
Zwei schöne, weite Urlaubsreisen hätte jeder für die eingesparten Kosten machen können, meinte der Kleinbaggerfahrer.
Ich verreise sowieso nicht gerne, sehe aber auch nicht ein, dass wir zur Kasse gebeten werden sollen, weil andere geschlampt haben.
Dankbar bin ich unserer Nachbarin wegen ihrer Sturheit. So brauchte meine Familie für das Gullideckelsuchen nichts zu bezahlen und der Hundefutterdosenkauf und unaufschiebbare Tierarztbesuche sind gesichert.

Frauen und Tiefbauarbeiten
Einige Zeit, bevor die großen Baumaschinen zur Erneuerung unserer Straße anrückten,

wurde ein schmaler Streifen aufgebaggert. Veranlasst wurde dies vom Telefonanbieter. Wir sollten neue Anschlüsse bekommen. Es gab Lärm und Staub und ein kleines, beschädigtes Abflussrohr! Der wohl einzige Anschluss auf unserer Straßenseite war zerstört worden!
Wo kam das Rohr her? War es überhaupt in Funktion?
Das waren Fragen, die Frauchen den Tiefbauarbeitern ad hoc beantworten sollte.
Sie wusste es nicht!
Nach dem letzten Straßenausbau vor gut 25 Jahren wurde die Straße verbreitert. Das hatte zur Folge, dass die meisten Anlieger Grundstücksteile der Stadt überlassen mussten. Die bis zu diesem Zeitpunkt vorhandenen Ahornbäume wurden entfernt. Seit dem letzten Ausbau haben wir wieder Zwerglindenbäume bekommen, sehr zu meiner und zur Freude meiner Artgenossen!
Gleichzeitig wurde damals die Straßendecke angehoben, so dass man jetzt in unser Ladenlokal eine Stufe hinunter gehen muss. Rechts und links der langen Stufe befinden sich Bodenabläufe. Frauchen vermutete, dass das zerstörte Rohr mit diesen Abflüssen in

Verbindung stehen könnte. Sie schütteten Wasser in einen der Bodenabläufe und schnell war zu erkennen, wie wichtig das Abflussrohr war!
Frauchen bat die Arbeiter, sie zu verständigen, wenn das Rohr verlegt worden wäre, hatte damit jedoch zu viel verlangt!
Die Tiefbauarbeiter waren sichtbar verärgert, beleidigt und verstimmt! Da half es wenig, dass Frauchen sagte, der Anschluss könne ja vergessen werden zu verlegen – so etwas soll schon passiert sein!
Ich erinnere an die zugebaggerten Gullideckel am Rad- und Fußweg. Unter unserem Vordach würde eine nachträgliche Fehlerbeseitigung viel schwieriger und teurer werden, denn das zerstörte Rohr lag sehr tief. Frauchen merkte sich vorsorglich den Verlauf des Abwasserrohres.
Natürlich verständigten die Männer uns vor dem Zuschütten des Kabelkanalschachtes nicht!
Als sie alles mit Schotter überdeckt hatten, schellten sie an und sagten, Frauchen könne jetzt nachsehen, ob ein Rohr verlegt worden sei.
Sie fühlte sich verarscht und war wütend!

Die Tiefbauarbeiter waren nicht einmal dadurch zu beeindrucken gewesen, dass auch Herrchen Interesse an der Verlegung des fehlenden Abwasseranschlusses signalisierte, indem er auffällig mehrere Tage lang beim Passieren dieser Bürgersteigstelle in die Tiefen des Kabelschachtes blickte.

Schwungvoll rief Frauchen den Bauleiter des Telekommunikationsanbieters an und schilderte die Begebenheiten rund um das zerstörte Rohr. Dieser sagte, die Arbeiter seien sehr rau und Frauchen möge das verzeihen. Auf eine Entschuldigung kam es ihr jedoch am allerwenigsten an, sie wollte das installierte Abwasserrohr sehen! An nächsten Morgen kam der Bauleiter und versicherte ihr, dass ein Rohr in der betreffenden Stärke gekauft worden sei. Er hätte sich die Quittung zeigen lassen.

Das war für sie kein Beleg!

Irgendwie kam er scheinbar mit den Männern der Tiefbaufirma auch nicht zurecht. Nach einigem Zögern stimmte er dennoch dem Aufschüppen zu, aber Frauchen solle nicht dabei sein. Sie könne ja von einem Fenster aus zusehen. Die Kosten des Aufschaufelns müsste sie übernehmen.

Sehr zeitaufwendig sei die Angelegenheit! Man müsse ja erst die Anschlussstelle suchen! Um die Kosten der Aktion möglichst niedrig zu halten, obwohl Frauchen keineswegs davon überzeugt war, dass wir die zu tragen hätten, ging sie um die Hausecke auf den Bürgersteig. Wir haben an der Stelle kein Fenster zur Straße. Sie wollte den Anschlusspunkt zeigen, aber die Arbeiter kannten den selbst genau. Nach fünf Mal schaufeln kam ein braunes Plastikrohr in Sicht.

Es wurde vom Bauleiter fotografiert und bezahlten mussten wir auch nichts für die Maßnahme. Vielleicht, weil sie so schnell beendet war. Ein Arbeiter sagte noch, sie hätten das Rohr ja anschließen und vorher einen alten Hut in die Muffe stecken können. Haben sie aber wohl nicht gemacht, denn bisher gab es noch keine Überflutung im Laden.

Wie wichtig verbuddelte Dinge werden können und wie wichtig Aufmerksamkeit ist, habe ich eben geschildert.

Ich bin auch immer aufmerksam bei fremden Geräuschen und Ungewöhnlichem. Das ist eine meiner Aufgaben, für die ich Hundefutter, Pflege und Anerkennung bekomme.

Bei Frauchen sieht das anders aus. Von Herrchen bekommt sie Anerkennung, von den anderen manchmal Ablehnung! Irgendwie finde ich das ungerecht. Zudem fallen ihr viele Aufgaben zwangsläufig zu, weil Herrchen meist, wenn etwas geschieht, arbeiten ist. Hoffentlich gibt es in den nächsten fünfundzwanzig Jahren rundum keine Tiefbauarbeiten mehr und wir können das Thema verbuddeln.

Von der Tiefbaufirma, die den letzten Straßenausbau durchführte, ist nichts mehr zu erwarten, sie ist zum wiederholten Male in Konkurs gegangen.

Als sie unseren Straßenausbau begannen, flatterten noch die Preiszettel an den Schippenstielen! Alles war neu, die Baucontainer, der Bagger und die Spitzenklassewagen der drei Inhaber. Hoffentlich sind die beiden großkotzigen in sich gegangen. Der nette, der die riesigen Tonrohre vor Frauchens Einfahrt wegräumen ließ, könnte ruhig so bleiben!

Hundehauptstadt Hamm

Die Anliegerbeiträge zu den Straßenausbaukosten fielen geringer aus als angekündigt. Bestimmt, weil ich so viel Hundesteuer zahle.

Jedes Jahr im Februar kommt mein neuer Bescheid. Jedes Jahr sind die Beträge höher, obwohl ich keinerlei Einkünfte habe. Mit meiner Heimatstadt habe ich es allerdings noch ganz gut getroffen, denn in größeren Städten beträgt die Hundesteuer schon ein Vielfaches von meinen Zahlungen Vielleicht hat die verhältnismäßig geringe Höhe der Hundesteuer damit zu tun, dass es hier besonders viele meiner Artgenossen gibt, oder ist unser Oberbürgermeister besonders tierlieb?

„Gemessen an der Einwohnerzahl hält meine Heimatstadt den deutschen Rekord und wird damit zur „Hundehauptstadt" der Bundesrepublik, wurde vermeldet. Ferner konnte man lesen, dass die Stadt jeden Hundekothaufen mit rund drei Euro bezuschusst. Da ich fast ausschließlich mein Geschäft in meinem Garten verrichte, denn oft gehen die Meinen leider nicht mit mir spazieren, ergibt sich die Rechnung: dreihundertfünfundsechzig Tage mal drei Euro abzüglich einiger Spaziergänge, bei denen ich aus Freude oder wegen der Bewegung ein- bis zweimal abseits des Weges muss, ergibt eine Hundekothaufenzuschusshöhe für mich von etwa eintausend Euro.
Einen Erstattungsantrag in der zuvor genann-

ten Höhe möchte ich an die Stadtverwaltung stellen, dem mit Sicherheit zugestimmt werden müsste wegen Nichtnutzung einer städtischen Dienstleistung.

Welche Belege hätte ich meinem Antrag auf Kothaufenbezuschussung wegen Nichtnutzung beizufügen? Durch Witterungseinflüsse ist manches schon nach kurzer Zeit zersetzt. Das sehe ich an meinem Garten.

Die Reste kratzt Herrchen auf ein Kehrblech und wirft sie auf den Kompost, bevor er den Rasen mäht.

Natürlich ist Hundekot auf Bürgersteigen wenig dekorativ, aber welcher gut erzogene Hund macht schon mitten rein?

Ich bestimmt nicht, denn ich habe ja meinen Garten!

Wenn ich mir jedoch den neuen Markt und die Fußwege, besonders die Pflanzbeete bei den Zwergahornbäumen anschaue, stören mich extrem die vielen Flaschenscherben, die meine Gattung nicht verursacht hat, an denen wir uns jedoch leicht verletzen können. Papier und Getränkedosen sind dort auch zur Genüge zu finden, trotz des eingeführten Pfandes.

Darüber regen jedoch nur wenige auf.

Inzwischen ist die vorstehende Geschichte

bereits Geschichte geworden, weil alle Hundebesitzer die Exkremente ihrer Vierbeiner mittels eines Hundekotbeutels aufsammeln müssen.
Steuern sind dennoch fällig!

Tiere machen glücklich
Während des Verdauungsrestebeseitigungsvorganges wirkt Herrchen zugegebenermaßen nicht besonders glücklich, aber sonst bereiten wir treuen, braven und liebenswerten besten Freunde des Menschen ausnahmslos Freude.
Wir geben unseren Frauchen und Herrchen ein Gefühl der Sicherheit. Wir hören besser als sie, sind mutig, verhindern Einbrüche und Übergriffe.
Zugleich lassen wir uns nach Herzenslust von unseren Lieben verwöhnen und umsorgen. Wir schließen genussvoll die Augen und atmen schwer, wenn sie uns streicheln, wedeln freudig mit dem Schwanz beim Befüllen unseres Futternäpfchens.
Sie erfreuen sich an unserer Hilflosigkeit, Anhänglichkeit, Dankbarkeit und Gelehrigkeit. Vielleicht sollte die Hundesteuer besser Vergnügungssteuer heißen Dann wäre mir klar, warum ich finanziell herangezogen

werde!

Eigentlich sollte es für Haustiere Zahlungen von Krankenkassen geben, denn: Haustiere machen gesund!

Haustiere haben nicht nur einen positiven Einfluss auf das Wohlbefinden, sondern wirken sich ebenso auf die Gesundheit des Menschen aus.

Es gibt Untersuchungen, die belegen, dass Hundebesitzer um acht Prozent weniger einen Arzt aufsuchen als Menschen ohne Hund. Auch werden Tierbesitzern weniger Medikamente gegen hohen Blutdruck, Cholesterin, Schlaf- und Herzprobleme verschrieben. Die Ursachen hierfür sind noch unerforscht.

Auf alte, kranke und behinderte Menschen, aber auch auf Häftlinge wirkt sich der Kontakt mit Tieren günstig aus.

Versuche mit Wellensittichen in Altersheimen sorgten dafür, dass die Bewohner wieder aktiver wurden und sich nicht mehr so einsam fühlten. Bei Häftlingen habe der regelmäßige Besuch einer Hündin namens „Maddie" zum Abbau von Aggressionen geführt! Der Blick ins Aquarium kann gestresste Menschen entspannen, ebenso ein schnurrendes Hauskätzchen, wird behauptet.

Bei mir würde zumindest letzteres zu extremer Erregbarkeit führen.
Tiere schenken Zuneigung, füllen einsame Stunden aus, stellen eine Aufgabe dar, lenken von Sorgen ab und knüpfen Kontakte.
Natürlich bin auch ich oft ein zwischenmenschliches Bindeglied.
Meine Familie spricht oft über mich. Wenn ich es bemerke, bin ich glücklich und atme hörbar.
Auf Spaziergängen und im Urlaub wurden wir oft von völlig fremden Menschen angesprochen und die Erwachsenen tauschten sich über Hunde aus. Wir verbinden!
Aber auch in Altenheimen wird ein Hund oft zum Freund der ganzen Station und seine Frauchen und Herrchen seien ausgeglichener, rücksichtsvoller und lebenswilliger als andere Mitbewohner.
Natürlich sind wir kein Allheilmittel, aber unser Spürsinn lässt uns erkennen, welche Stimmung die Lieben gerade haben. Wir verleiten durch Spontaneität und Unbekümmertheit zum Lachen. Sogar psychische Erkrankungen können mit dem tierischen Partner geheilt werden, aber auch Infarktpatienten mit Tier sollen eine viermal höhere Überlebenschance haben, als jene ohne. Das

Streicheln eines Hundes, das Nachfolgende möchte ich am liebsten verschweigen, aber auch das Streicheln einer Katze senkt Blutdruck und Herzfrequenz.

Alternative Heilmethoden
Zweifellos lindern oder heilen wir mit alternativen Heilmethoden.
Aber auch in der Tiermedizin setzen sich langsam und beständig neue Wege durch. Weit über eintausend Tierheilpraktiker gibt es in Deutschland. Sie dürfen weder impfen noch operieren, aber sie behandeln mit Akupunktur, Homöopathie, Bachblüten-, Magnetfeld- und Ozontherapie.
Ich musste bisher im Wesentlichen operiert werden und konnte so nicht auf meinen Tierarzt verzichten.
Tierheilpraktiker behandeln Erkrankungen von Muskeln und Knochen mit der Magnetfeldtherapie, Darmbeschwerden mit der Ozontherapie, bei psychischen Problemen von Hund und Katze wird die Bachblütentherapie eingesetzt. Akupunktur kann gegen Rückenverspannungen bei Hunden, Pferden und Katzen helfen.
Homöopathische Medizin sollte auch bei leichten Erkältungen im Hühnerstall helfen,

sogar bei Massentierhaltung. Wenn Eier trotz ausreichender Ernährung dünnschalig seien, könne ein Naturheilmittel die Kalkverarbeitung des Futters verbessern und dazu beitragen, dass die Schale dicker und fester würde, meinen Tierheilpraktiker.

Unsere Seniorin haben wir auch durch alternative Heilmethoden von ihrer Erkältung oder Lungenentzündung geheilt, mit Speckwürfeln, um Durst zu erzeugen, und mit Kamillentee. Ihre windschiefen Eier mit den offensichtlichen Fehlern an der Schale könnten wir also korrigieren, indem wir durch Naturheilmittel die Kalkverarbeitung aktivieren.

Zur Zeit legt überhaupt nur ein Huhn jeden zweiten Tag ein Ei.

Das Junghuhn ist noch nicht soweit; die anderen machen eine Pause Es ist inzwischen Winter.

Einige Tage lang hatten wir eine geschlossene Schneedecke. Zwischendurch gab es überall Glatteis, weil es auf den gefrorenen Boden geregnet hatte. Ich hatte Schwierigkeiten, über die Terrasse zum Pipimachen zu gelangen. Schnelle Spurts zum Verbellen am hinteren Zaun waren unmöglich.

In der Winterzeit ist die Stelle unter dem Rosenbogen, wo ich einen kleinen Knick laufen muss, sowieso immer sehr glatt. Ich rutsche im Matsch aus, aber im Frühjahr wächst wieder Gras darüber.
Auch Frauchen hatte bei dem spiegelglatten Garten ihre Schwierigkeiten, als sie die Hühner füttern und den Stall schließen musste. Aber es war nur einen Tag lang so glatt. Danach regnete es und der Schnee schmolz.

Luxus für Hunde
Ich finde den Winter eigentlich schön! Niemand arbeitet im Garten und schafft Unruhe und Unordnung. Frauchen ist fast den ganzen Tag im Haus, putzt ein bisschen Staub oder saugt. Dann streichelt sie mich ausgiebig und lange, damit sich ihr Kreislauf nach der Putzerei wieder beruhigt.
Ich atme schwer.
Manchmal schnurre ich fast wie eine Katze.
Wenn Herrchen von der Arbeit kommt, ist es bereits dunkel. Er krault mich und fragt, ob die Hühner schon zu sind.
Werner kommt im Winter leider kaum. Nur ab und zu. Er bleibt dann nie so lange wie im Sommer und sie trinken Kaffee.

Im vergangenen Sommer war er pausenlos hier. Ich habe mich gefreut, obwohl er wieder einmal viel Krach machte. Sägen, bohren, hämmern, schleifen! Ich nehme es notgedrungen in Kauf, denn er ist sehr nett zu mir und streichelt mich lange. Wenn Werner seine Arbeit beendet hat, sieht eine Ecke unseres betagten Hauses schöner aus! Dieses Mal war der Wintergarten an der Reihe. Der alte war bestimmt kein Prunkstück! An manchen Stellen tropfte es durch die Drahtglasdecke, an anderen Stellen gab es Durchschlüpfe für Spitzmäuse und Tausendfüßler. Bei meinen wilden Jagden auf Spitzmäuse litt der Wintergarten erheblich und am Ende aller Überlegungen standen Abriss und Totalerneuerung.

Während der Bauphase hatte leider so recht niemand Zeit für mich. Manchmal meckerte jemand, ich läge oder stünde im Wege umher.

Es war schon ziemlich stressig für mich!

Frauchen hielt immerfort etwas an oder fest, nahm Maße, schrieb und zeichnete oder holte Material. Die langen Balken wurden angeliefert, auch das fast durchsichtige Plastikdach. Frauchen strich alle Seiten der Balken weiß.

In Herrchens Garage, unter dem Abdach, wo unser alter Klappwohnwagen sonst steht, und auf der gepflasterten Fläche davor lag Balken an Balken und erhielt ein helleres Aussehen. Als es während des Streichens zu regnen begann, musste sie viele Balken verlagern und zudecken. Sie jonglierte mit den langen, schweren Kanthölzern. Schäden am unhandlichen Material und Stürze wollte sie vermeiden. Von dem gewaltigen Sturz mit Prellungen, Schnitt- und Platzwunden und überdehnten Bändern hatte sie sich noch nicht ganz erholt.

Gemessen an seinem Vorgänger ist der neue Wintergarten luxuriös! Alles in blau und weiß gehalten. Frauchen hat Möbel oder weiße Holzflächen mit blauen Efeuranken, blauen Bäumen, in denen sich blaue Libellen, Bienen, Fliegen und Schmetterlinge tummeln und Äpfel und Birnen hängen und mit blauen Menschen bemalt. Ehemalige Küchengardinen und Vorhänge, blau-weiß-kariert, fanden Wiederverwendung als Kissen und Gardinen.

Kathrins Korbmöbel, die sie bei ihrem Auszug nicht mitnahm, sehen total gemütlich aus mit den neuen Kissen.

Ich gehe ja nicht auf Sitzmöbel und Liegen, da

kann es mir egal sein, ob sie oberdrein noch bequem sind.
Schön ist alles zusammen.
Einen besonders guten Griff und Geschmack hatten sie bei der Auswahl der Bodenfliesen!
Als beide einmal zusammen in einem Baumarkt waren, um Silikon zu kaufen, standen die Fliesen direkt unter dem Regal mit Dichtungsmitteln im Mittelgang.
Es war Liebe auf den ersten Blick! Bläulich und grau mit leicht erhabenen, halb durchschnittenen Kieselsteinen und hoher Abriebziffer. Leider waren sie nicht sehr billig, aber mit Sicherheit für Menschen ungewöhnlichen Geschmacks.
Frauchen und Herrchen gefielen die Fliesen auf Anhieb.
Werner war weniger begeistert, denn sie ließen sich nicht schneiden. Für die schräg zulaufenden Wände des Erkerchens musste er ziemlich viel schneiden. Das ging später nur mit der Trennscheibe und verursachte einen Mordslärm. Große, grau-weiße Staubwolken ließen Werner aussehen, als hätte man ihn mit Puderzucker bestäubt.
Ich musste im Haus bleiben!
Zuvor hatte unser Rundumhandwerker den

größten Teil der Fliesen auf traditionelle Weise in die benötigte Form gebracht und vom Handtieren mit der Zange Blutblasen an der rechten Hand bekommen. Er scheint ja noch ehrgeiziger als ich zu sein, denn ich hätte an seiner Stelle rechtzeitig die Arbeit unterbrochen, bevor ich zu Schanden käme.
Die Fliesen sind selbst bei Nässe nicht rutschig und man sieht überhaupt keinen Schmutz.
Und das Ergebnis ist, wie schon gesagt, wunderschön! Mein Körbchen steht in einer Ecke und bekam auch eine neue Decke, natürlich blau mit weiß.
Selbstverständlich reicht dieser Luxus nicht an den der beiden Dalmatinerhunde „Lucy" und „Ricky" heran, die allen Komfort einer Luxusvilla genießen können in einem eigenen Seitenflügel mit eigenen Möbeln, Teppichen und Spielzeug.
Sie wohnen in Amerika und gehören einer Sängerin.
Der Boxerhund „Gangster" eines sehr bekannten Hollywood-Stars hat angeblich eine vollklimatisierte Hundehütte. Er verträgt die Hitze Floridas nicht und hasst Feuchtigkeit.
Wenn mir die Temperatur nicht passt, wechsele ich einfach den Standort. Entweder

liege ich im, für meine Verhältnisse, luxuriösen Wintergarten oder in der Wohnung ganz nah bei Frauchen. Und dann ist da noch der wunderschöne, große Garten mit Sonnen- und Schattenplätzchen!

Man kann auch übertreiben
Ich bin rundum zufrieden mit meinen Lieben. Ich brauche kein diamantenbesetztes Hundehalsband, wie es die Malteser-Hündin einer berühmten, amerikanischen Filmdiva trägt, wobei ich nicht bestreiten möchte, dass mein rotes Halsband getrost einmal erneuert werden könnte. Leckereien aus Europa lässt eine andere Filmdiva für ihre sieben Hunde einfliegen. Sie sind gefüllt mit Garnelen - getrocknete bekomme ich ab und zu aus dem Hühnerfutter - Kaviar, Lachs und Forelle.
Wenn ich das höre, würde ich auch nicht „nein" sagen. Das wäre schon eine schöne Abwechslung zu meinem Billighundedosenfutter. Aber oft fällt ja auch etwas ganz Besonderes für mich ab: Hähncheninnereien, Käsewürfel oder Wurstscheiben. Manchmal bringen sie mir Stücke von getrocknetem Fisch mit, wenn sie Hühnerfutter holen.
Auf einer Hunde-CD zum Mitbellen sollen

außer Musik auch Wolfsgeheul übermittelt werden.

Nachdem die CD fünf Monate lang getestet wurde, stellte sich heraus, dass neun von zehn Hunden auf die Geräusche reagierten. Sie suchten die Lärmquelle, heulten mit oder bellten.

Dieser Luxus ist mir unverständlich, denn viele Nachbarschaftsstreitigkeiten haben eben das Zuviel an bellen und heulen zum Hintergrund. Ich könnte auf dieses Freizeitangebot gern verzichten, denn ich belle oft pausenlos und kann einfach nicht aufhören - besonders bei Katzen!

Grundloses Bellen?
Eines Tages, so erzählte uns unser Gartennachbar, der selten hier ist, und auf dessen Grundstück die verwilderten Katzen hausen, dass seinetwegen alle Hunde in der Nachbarschaft gebellt hätten.

Ich auch!

Er hat sich übrigens noch nie über mich beschwert und auch nicht über Gustavs Krähen.

Also, eines Tages erzählte er Frauchen über den Zaun hinweg, dass er sich in einer lebensbedrohlichen Situation befand. Ich und alle Nachbarhunde hätten das gespürt.

Da er selten in seinem Garten ist, sind seine Aufenthalte meist sehr arbeitsaufwendig, um alles einigermaßen in Schuss zu halten.

An eben diesem Tag, an dem alle Hunde bellten, wollte er den Elektrorasenmäher reparieren.

Er steckte das Kabel in eine Steckdose, probierte aus, ob die Reparatur geglückt war, stellte fest, dass sich noch nichts tat. Er wollte eine weitere Handhabung mit dem Schraubenzieher ausführen - und hing fest!

Er hatte das Gefühl, dass es Ewigkeiten waren, während denen der Strom ihn durchfloss. Er konnte den Rasenmäher nicht loslassen.

Er rief verzweifelt nach seiner Lebensgefährtin, aber die reagierte nicht! In seiner Panik verwandte er immer wieder einen falschen Vornamen. Er rief den seiner ehemaligen Frau. Seine Lebensgefährtin hörte ihn zwar und wunderte sich über ihn. Die Gefahr, in der er schwebte, erkannte sie nicht.

Er war gelähmt und bewegungsunfähig während der Strom seinen Körper durchströmte.

Wir - die Nachbarhunde bemerkten seine Not!

Ich glaube, er erzählte, dass er sich mit allergrößter Anstrengung vom Stuhl auf die feuchte Wiese fallen lassen konnte. Irgendwie wurde der Stromkreislauf so unterbrochen.
Er konnte durchatmen.
Er behauptete, wir, die Nachbarhunde hätten gewittert, in welch großer Gefahr er schwebte.
Und er hatte mit seiner Behauptung Recht!

Spannungsreicher Beginn
Erleichtert aufgeatmet haben wir, als Missverständnisse aufgeklärt werden konnten.
Als unser Nachbar die ersten Male in den von ihm angemieteten Garten kam, war das unüberhörbar. Sofort spielte er Schnulzen und Heimatklänge in unerträglicher Lautstärke. Wir waren das nicht gewohnt und fühlten uns gestört, besonders ich.
Man konnte die Vögel nicht zwitschern hören, wenn er in seinem Garten war. Ich wurde wegen des Krachs nervös und Frauchen sagte, es würde wohl nichts anderes übrig bleiben, als mit eigener Musik dagegen zu halten.
Frauchen und Herrchen sind Rock`n´Rollfans.
Ich nicht! Noch mehr Krach! Eine scheußliche Vorstellung!
Glücklicherweise kam es dazu nicht und wir

mussten uns auch nicht bei ihm beschweren!
Hilfreich war ein guter Zufall!
Eines Tages um die Mittagszeit, Kathrin war gerade aus der Schule gekommen und besuchte mich und Frauchen im Garten, als sie vor dem Hühnergehege am Nachbargartenzaun verwelktes Efeu entdeckte. Sie rief: „Mama, guck mal, hier ist ja jede Menge abgeschnittenes Efeu am Zaun!" Frauchen erwiderte, nachdem sie sich der Stelle genähert hatte, dass sie das auch schon gesehen habe. Vermutlich hätte es jemanden gestört und sei deshalb gestutzt worden. Eine andere Erklärung hierfür habe sie nicht. Plötzlich meldete sich unser neuer Nachbar, von dem wir zuvor nichts gehört hatten, auch seine laute Musik nicht, zu Worte und sagte, dass er geglaubt habe, Herrchen hätte das Efeu abgeschnitten. An einigen Stellen sei es sogar abgehackt worden, weil es so alt und so dick war. „Hier, entlang der Garagenrückwand ist alles entfernt worden!" Er wies mit der Hand auf einen Punkt tief auf seinem Grundstück.
Frauchen antwortete, dass wir mit der Arbeit in unserem doppelt so großen Garten ausreichend beschäftigt wären und Herrchen kein Interesse an Arbeiten in Nachbargärten habe. Aber, so

sagte Frauchen weiter, hätte sie vor einiger Zeit den Grundstückseigentümer im Garten gesehen. Sie sei auf mein Bellen hin ganz nach hinten gegangen und hätte dort Herrn Pohlmann gesehen, der mich noch für meine Wachsamkeit gelobt hatte, während er Haselnusszweige abschnitt. Mag sein, dass er auch den Kahlschlag beim Efeu veranlasst hatte, weil das gesamte Garagendach davon überwuchert wurde. Vielleicht habe Herr Pohlmann vermeiden wollen, dass das Garagendach beschädigt wurde.
Unser Nachbar schien erleichtert und nach dem Gespräch gab es nie mehr laute Musik.
Vielleicht ist sie ihm selbst auf die Nerven gegangen.
Als Frauchen ihn in der Folgezeit einmal fragte, ob das Krähen unserer damals sechs Hähne ihn stören würde, antwortete er: „Nein, überhaupt nicht!" Er käme vom Bauernhof, fügte er noch hinzu und er fände das Krähen angenehm.
Mit der Auffassung stand er ziemlich allein da, denn mir gingen Gustav und seine Söhne total auf den Wecker! Frauchen übrigens auch!
Und als der Krach unerträglich wurde, musste Herrchen mit dem Beil Abhilfe schaffen!

Vorschnelle Aktivitäten

Bei den meisten Arbeitseinsätzen trägt Herrchen eine Art Joggingjacke - blau mit breiten grauen Streifen über Oberarme, Brust- und Rückenteil. Die Jacke ist dünn und alt. Frauchen hat das Empfinden, Herrchen fröre, wenn er diese Jacke trägt. Sie liegt eng an, ist ein Werbegeschenk einer Liefererfirma. Der Namenszug ist in weißen Buchstaben aufgebracht: Luxusbad!

Die dazugehörige Hose warf Frauchen, entgegen Herrchens ausdrücklichem Wunsch, schon vor Jahren weg.

Die war damals schon alt. Das Material lud sich elektrisch auf und klebte am Körper.

Die Jacke hatte sie noch verschont, damit Herrchen nicht wütend würde, denn obwohl er den Anzug zunächst nicht schön fand, konnte er sich auch nicht davon trennen! Angeblich hatte die Jacke ungeahnt angenehme Trageeigenschaften.

Danach sah sie nun wirklich nicht aus und war zudem hässlich und abgetragen. Frauchen schämte sich jedes Mal, wenn Herrchen mit dieser Jacke vor dem Haus oder in den Einfahrten rumwerkelte.

Also beschloss sie, bei passender Gelegenheit,

das Ärgernis möglichst unauffällig in die Mülltonne zu werfen. Das letzte Mal trug Herrchen seine Lieblingsjacke beim Abtransport des Grünschnitts und Herbstlaubs zur Kompostierungsanlage. Es waren zwei große Anhänger voll.
Herrchen schwitzte vom Auf- und Abladen der großen Mengen und sah dennoch fröstelnd in seiner engen Jacke aus.
Da nun vieles, was sonst den Mülleimer füllt, von Herrchen abtransportiert wurde, war noch ungewöhnlich viel Platz in dem grauen Plastikbehältnis.
Weil der Abfalleimer fast leer war, hätten sie beinahe vergessen, ihn in dieser Woche an den Straßenrand zu stellen. Aber, als Herrchen vom Brotkaufen kam, bemerkte er, dass überall, nur bei uns nicht, die Mülltonnen bereitstanden.
Eile war geboten, denn sie wurden üblicherweise kurze Zeit später geleert.
Frauchen spurtete die Treppe hoch, um längst nicht mehr gebrauchte Karnevalskostüme und -zubehör, Woll- und Stoffreste, mit denen während der letzten Jahre niemand etwas angefangen hatte und auch in Zukunft nicht tun würde, herunterzuholen und damit schleu-

nigst den Abfalleimer zu füllen.
Natürlich warf sie auch Herrchens Lieblingsjacke weg! Heimlich und schnell.
Sie hing im Badezimmer.
Ab, in die Mülltonne, einige andere Kleidungsstücke drüber - Abfallbehälter zur Straße geschoben.
Herrchen hatte nichts gemerkt!
Als er kurze Zeit später zum Nachmittagsdienst fahren wollte, suchte er seinen Autoschlüssel.
„Bestimmt habe ich ihn in der alten Joggingjacke gelassen! Wo steckt die? Ich habe sie doch! - Vielleicht im Keller?"
Obwohl Herrchen überzeugt war, die Jacke ins Badezimmer gehängt zu haben, suchte er auch im Keller nach ihr.
Frauchen raste zum Mülleimer! Aber es war zu spät!
Gerade war der geleert worden. Das Müllauto stand jetzt am Nachbarhaus
Ihr wurde schlecht! Ich spürte, wie sie zitterte.
Sie holte tief Luft.
Dass es unmöglich war, an das Schlüsselbund zu kommen, war ihr schlagmals klar.
Herrchen wird zwar nie richtig laut, aber er hat scheinbar doch eine Methode entwickelt, um

zumindest in einigen Fällen Frauchen massiv unter Druck zu setzen. Der Fall liegt vor, wenn sie etwas wegwirft! Und dann noch das Schlüsselbund mit dem Schlüssel seines Autos, seiner Garage und der Hintertür zum Haus!
Bei anderen Männern wäre alles kein Problem gewesen. Es gibt ja Ersatzschlüssel! Aber bei Herrchen war so etwas ausgeschlossen! Wenn er unter Zeitdruck steht, was in diesem Augenblick der Fall war, wird alles noch schlimmer.
Ich würde mich sehr deutlich wehren an ihrer Stelle, aber sie hat das schon längst aufgegeben. Trotz langer Ehejahre war es ihr bisher in manchen Punkten nicht gelungen, Herrchen zu überzeugen. Er sie aber auch nicht!
Als sie sich im Garten begegneten, hielt Herrchen das Schlüsseletui in der Hand, das er im Keller in den Taschen eines alten Parkers gefunden hatte. Frauchen war erleichtert! Sie sah sich jedoch in ihrer Ansicht bestärkt, dass die gerade abtransportierte, ärmliche Joggingjacke doch zu dünn war. Warum sonst hätte Herrchen für seine Fahrt zur Mülldeponie den Parker drüber ziehen müssen! Aber gesagt hat sie nichts! Das war in diesem Augenblick auch das Allerbeste. Sie winkte jedoch besonders

fröhlich, als Herrchen aus der Einfahrt fuhr.

Erholungspause
Irgendwie fühle ich mich wie gerädert und urlaubsreif! In diesem Jahr hat es bisher mit Urlaub nicht geklappt, weil Werner so lange an unserem prachtvollen Wintergarten baute, der natürlich wieder einmal viel teurer wurde, als Frauchen veranschlagt hatte.
In drei Wochen ist das Jahr sowieso um. Da wird sich keine Reise mehr ergeben.
Also versuche ich, mich zu Hause zu erholen, mich zu erinnern und zu schreiben.
Gern bin ich eigentlich nie in Urlaub gefahren. Aber, bevor sie mich während der Ferien in eine Tierpension stecken, oder ich bei einer anderen Familie lande, für deren Dienstleistung wir im Gegenzug deren Tier zu nehmen hätten, fahre ich lieber mit.
Einmal haben sie mich allein zu Hause gelassen, als sie einen ganzen Tag und eine ganze Nacht fort waren. Unsere liebe Nachbarin, die mir immer ein Leckerchen mitbringt, Reste von getrüffelter Leberwurst oder Bratkartoffeln, manchmal bloß Zwieback, versorgte mich während der Abwesenheit meiner Familie. Natürlich kam sie mehrmals

am Tag herüber und wollte, dass ich zum Pipimachen in den Garten gehen sollte. Ich rückte mich nicht aus meinem Körbchen in der Diele fort! Einerseits war ich total sauer, dass sie mich nicht mitgenommen hatten, andererseits durfte ich den Moment nicht verpassen, an dem sie wieder zur Haustür rein kamen.
Also machte ich stundenlang kein Pipi.
Selbst zum Fressen verließ ich nur kurz mein Körbchen.
Ich war sauer!
Als die Nachbarin ganz spät abends noch einen Versuch unternahm, mich in den Garten zu bekommen, hatte sie Glück.
Gerade in diesem Moment ging Gegröle von den Parkbänkebenutzern aus und so vergaß ich, dass ich im Körbchen wachen musste.
Ich raste zum hinteren Zaun, bellte nachdrücklich und strullerte schier unaufhörlich!
Als meine Familie von diesem Tag hörte, ließ sie mich nur noch im Höchstfall wenige Stunden allein.
Wenn ich merke, dass es länger dauert, drehe ich, im Körbchen liegend, ihnen bei ihrer Wiederkehr den Rücken zu!
Als ich kleiner war, habe ich in diesen

Momenten wie ein Bär gebrummt und meine Verzweiflung und Trauer auf diese Weise zum Ausdruck gebracht. Leider erkannte ich, dass meine Familie kein Gespür für diesen Schmerzensschrei hatte. Sie schienen sogar über mich zu schmunzeln. Also ließ ich das Brummen sein.
Sehr luxuriös sind unsere Urlaube nie. Höchstens mit dem Faltwohnwagen nach Duhnen für rund vierzig Euro am Tag an Campinggebühren.
Luxuriöser geht es scheinbar für über dreißig Dollar am Tag für Hunde in einem New Yorker Hundehotel zu!
Zum Frühstück gibt es Hühnerfleisch (mag ich!) mit schwarzen Oliven (mag ich nicht!).
Ein Spielsalon bietet Möglichkeiten zur Bewegung. Er hat eine Rutschbahn. Viermal täglich werden meine Artgenossen Gassi geführt (wirklich notwendig ist bei mir nur einmal, wie ich gerade ausführte) - bestimmt durch Hotelboys in Livree - aber dennoch soll schon jeder der bisherigen Hotelgäste sein Geschäft auf dem Teppich erledigt haben.
Da muss es ja riechen! Abgesehen von den Hähnchenschenkelchen zum Frühstück würde mich dieser Luxus von meinem Zuhause nicht

fortlocken.
Mit Sicherheit stiege in dem New Yorker Luxushundehotel die Chance auf intensive Kontakte mit Rüden, die mir hier immer verwehrt wurden!
Videos für Hunde hat man dort auch, aber ich kann dem heimischen Fernsehen schon nichts abgewinnen. Dennoch genieße ich es aber in erhöhtem Maße, ganz nah bei meinen Lieben auf dem Teppich zu liegen, wenn sie fernsehen, auf den noch nie einer gepinkelt hat!
Wasserbetten und Spülklos für Haustiere gibt es auch schon lange und ich könnte ein Horoskop in Auftrag geben mit der Fragestellung, ob ich jemals an diesen Luxus kommen werde, der anderen Hunden selbstverständlich zu sein scheint, denn für gut vierzig Euro kann sich jeder Hund in Japan die Zukunft vorhersagen lassen. Um ein Tierhoroskop erstellen zu können, müssen Informationen über Geburtsdatum, Geschlecht, Blutgruppe übermittelt und Fotos von Mensch und Tier eingeschickt werden. Selbstverständlich müssen die vierzig Euro in Yen umgerechnet werden. Jetzt würde ich mich schon ganz gern auf ein Wasserbett legen, um

mit einem Rüden zusammen zu entspannen.
Bald ist Weihnachten, vielleicht gibt es da ein Wasserbett für mich. Vielleicht wird es aber auch nur ein neues Kissen für mein Körbchen in der Diele.

Frühlingsanfang
„Das ist etwas ganz Besonderes! Das gelingt noch lange nicht jedem." sagte Herrchen lobend, als er am Abend vor seinem Geburtstag vom Dienst zurückkam.
Frauchen schnitt gerade Kuchen auf. Es war Rosinenkuchen, der trotz des sehr scharfen Messers nicht gut durch ging. Er war total klitschig! „So was kriegt bestimmt nicht jeder hin!" Frauchen lachte über ihn, dass ihr Bauch wackelte und sie einige Tränen von den Wangen putzten musste.

Eine begnadete Bäckerin war sie sicher nicht, aber ein Rührkuchen war ihr noch immer gelungen.
Bis zu diesem Tage!
Herrchen probierte sofort und war voller Begeisterung.
„Köstlich, der schmeckt nach Marzipan! Den werden alle mögen!" Als ich jedoch hörte, dass Frauchen einen neuen backen wollte, war mir

klar, dass er einmal wieder flunkerte.
Mir und den Hühnern mundete der Kuchen übrigens sehr gut.
Frauchen hoffte inständig, dass wenigstens die Linzer- und die Sahnetorte, bei der sie auch eine Kleinigkeit falsch gemacht hatte, dass die beiden anderen Säulen der Geburtstagskaffeetafel gelungen wären.
Am Morgen des Klitschkuchentages hatte ihre Schwester angerufen und ihr angeboten, einen gedeckten Kirschkuchen zu backen, jedoch Frauchen lehnte dankend ab. Sie hätte bereits genügend vorbereitet.
Zu dem Zeitpunkt wusste sie noch nichts von ihrem misslungenen Standardbackwerk.
Ihre Schwester backt nie Klitschkuchen!
Der zweite gelang dann wirklich.
Er wurde handgerührt, damit wir alle gemeinsam ungestört fernsehen gucken konnten, aber auch, weil Frauchen der Küchenmaschine misstraute. Die sei eher zum Raspeln und Schneiden als zum Kuchenrühren, glaubte sie.
Ihre vorige war anders und besser, war sie überzeugt. Aber diese hat sie sich nicht selbst ausgesucht. Sie wurde ihr von unserer älteren Nachbarin geschenkt.
Und einem geschenkten Gaul guckt man nicht

ins Maul. Schon wieder – Pferd!
Vielleicht denke ich wegen dieses volkstümlichen Spruches manchmal über das Leben als Pferd nach.
Niemand sagt: Einem geschenkten Hund schaut man nicht in den Mund, obwohl es sich ebenfalls reimt und sinngleich ist.
Ich war wieder sehr nervös, wie immer, wenn Familienfeiern anstehen, weil davor mehr Unruhe als sonst herrscht.
Immerfort räumt jemand auf oder putzt und kauft ein.
Da kann mich der Bratenduft und die Erwartung auf ein besonderes Leckerchen nur wenig beruhigen. Am Tage selbst bin ich sehr gereizt wegen der vielen Menschen und des Telefonklingelns von Gratulanten.
Als ich noch jünger war, empfand ich Familienfeiern schrecklich, weil Frauchen dann einige Tage kaum für mich Zeit hatte.
Jedoch mit zunehmendem Alter stört mich das viele Getümmel immer mehr und ich krieche gereizt in mein Körbchen.
Erfreulich ist jedoch jedes Mal der Besuch von Frauchens Schwägerin Sylvia!
Die liebt Tiere!
Mich ganz besonders!

Sie schmust lange mit mir, streichelt mich hingebungsvoll und bringt mir immer ein besonderes Leckerchen mit!
Einige Tage nach Herrchens Geburtstag gab es bunte Eier.
Das Wetter war sonnig und die ersten Frühjahrsblüher leuchteten in meinem Garten.
Wie so oft machten wir drei eine Fahrradtour.
Ich lief nebenher.
Wir kehrten zweimal ein. Die Meinen tranken Krefelder oder aßen Eis. Ich bekam Wasser und Trockenfutter. Am Nachmittag besuchten uns Herrchens Cousine und Cousin überraschend. Sie hatten Glück, weil wir gerade zuvor eingetroffen waren.
Sie saßen unter der Markise.
Mir war warm und so verkroch ich mich in mein Körbchen in der kühlen Diele. Wegen des sehr langen Spaziergangs war ich verständlicherweise müde.
Am nächsten Tag stand eine Radtour am Möhnesee auf dem Plan!
Herrchen verpackte die Klappräder, während Frauchen Getränke, Leckerchen und Obst in den Seitentaschen und im Fahrradkörbchen verstaute. Wenn die Räder hinten im Auto liegen, darf ich neben Frauchens Beinen

sitzen.

Wir fuhren eine ganze Strecke und hielten auf dem Parkplatz des Torhauses.

Alle stiegen aus, reckten sich, tranken mit Strohhalmen aus einer Blechdose und begannen schließlich, die Fahrräder zusammen zu bauen.

Fast wäre es eine Tour wie viele andere geworden, wenn Herrchen nicht den Sattel seines Fahrrades zu Hause vergessen hätte!

Zunächst suchte er alle Winkel des Autoinnen- und Kofferraumes mehrfach ab. Dabei sah er verlegen nachdenklich aus.

Er schien nicht so recht glauben zu wollen, dass ihm dieses Missgeschick passiert sein sollte. Frauchen suchte mit und erkannte, dass sie nicht die einzige Vergessliche in unserer Familie war.

Ich hatte mich neben das Auto gelegt und schaute dem Treiben zu.

Natürlich war zu erkennen, dass sich der Sattel nicht im Nissan befand, weil alle Ecken bereits mehrfach durchstöbert worden waren.

Herrchen konnte sich genau vorstellen, an welcher Stelle des Wintergartens er den Sattel abgelegt hatte und dass die Zeit nicht ausreichen würde, um ihn zu holen und dann

noch am Hefebecken entlang zu radeln.
So bewegte sich eine sonderbare Gruppe waldeinwärts: ein Hund, ein hurtiger, männlicher Spaziergänger und eine Radlerin.
Bergauf gab es zwei Spaziergänger mit mitgeführtem Fahrrad und einem Hund.
Der Tag wurde noch sehr schön!
Wir machten ein erstes Picknick auf einer kleinen Landzunge direkt am Wasser. Die beiden saßen auf Plastiktüten auf dem Waldboden. Das Fahrrad hatten sie hingelegt, ich mich auch. Auf unserem weiteren Weg wurden wir nur manchmal auffällig angeschaut - ich, die schwanzwedelnde, quirlige, kleine Münsterländerin, Herrchen in gemäßigtem Joggingschritt ohne die entsprechende Kleidung und Frauchen, entspannt und langsam in die Pedale tretend.
Auf einer kurzen Wegstrecke entlang an Teichen und Feuchtgebieten lagen sie platt ausgestreckt. Frauchen zählte über vierzig Kröten, die die Frühlingsgefühle und damit verbundene Wanderung nicht überstanden hatten. Viele waren flach und hart wie Schuhsohlen, andere wiederum sahen noch blutig aus und dufteten köstlich.
Man ließ mich nicht richtig schnüffeln und

schon gar nicht fressen. Wer all die Kröten plattgefahren hatte, konnten wir uns wegen des geringen Autoverkehrs kaum erklären, aber Krötenschutz scheint mitten im Naturschutzgebiet Arnsberger Wald ein Fremdwort zu sein.

Gefahren beim Pilzesammeln
Hoffentlich kümmert man sich genau so wenig um uns, wenn wir in der Herbstzeit verbotenerweise Pflanzen oder Pflanzenteile - sprich Pilze - sammeln, wie jetzt im Frühling um das Überleben der Feuchtgebietsbewohner. Schon manches Mal wurde unser Pilzsammelkorb grimmig von Spaziergängern beäugt.
Da uns noch niemand angesprochen hat, können wir nur rätseln, ob die anderen neidisch wegen der Köstlichkeiten waren, die wir verdeckt mitführten, oder ob sie gerade eines der vielen Verbotsschilder gelesen hatten: kein Feuer - kein Zelten und Lagern - kein Sammeln von .....
Pilzesammeln ist Frauchens große Leidenschaft!
Herrchen und ich gehen einfach so mit!
Finden tun wir beide nicht viele, aber wir laufen leidenschaftlich gern!

Eine Pilztour verlief gefahrvoll.
Natürlich haben wir unsere ganz besondere Pilzgegend, in der wir uns gut auskennen. Auf jeden Fall hat Frauchen meist viele Pilze und am Schluss auch unser Auto immer wieder gefunden. Eine Ecke mit den Steinpilzen, die wir vor Jahren in großen Mengen dort entdeckten, blieb trotz intensiver Suche unauffindbar. Lichter Eichenwaldbestand, steiniger Boden, ein Hochsitz an einer steilen Fichtenböschung. Die Stelle schien wie vom Erdboden verschluckt!

Meistens sind wir im Pilzebestimmen und in Waldwanderungen gut.
Jedoch war an diesem Samstag im September alles anders.
Wir durchstreiften unsere Pilzgegend nicht von dem Parkplatz aus, den wir immer anfahren. Wir erforschten den Wald von einer anderen Seite her, weil wir glaubten, so unserer unauffindlichen Steinpilzstelle besser auf die Spur zu kommen.
Erfolglos!
Wir fanden einen Korb voll anderer Pilze, gaben die Suche nach den besonderen Köstlichkeiten auf und machten uns auf den Rückweg.

Alle waren sich über die einzuschlagende Richtung einig. Unterstützung durch Sonnenschein gab es nicht!

Als wir glaubten, unser Auto müsse in Sichtweite kommen, erlebten wir eine herbe Enttäuschung!

Der Blick auf die blinkende Fläche des Möhnesees wurde frei! Mir wäre es ja egal gewesen, aber Frauchen wollte auf gar keinen Fall die weite Strecke bis zu unserem Parkplatz zu Fuß laufen. Sie hatte genug vom Sammeln und Korbtragen und wollte sich fahren lassen!

Das Geld in ihrer Hosentasche hätte für ein Taxi gereicht. Nur, wo konnte man telefonieren?

Sie sprach einen neben einem Segelclub wartenden Herrn an. Herrchen und ich blieben auf der anderen Straßenseite!

Sie fragte, ob sie den Fremden um etwas bitten dürfe? Der antwortete: Ja, dürfe sie, aber ob er die Bitte erfüllen würde, könne er nicht versprechen! Frauchens nächste Frage war, ob sein Auto hier in der Nähe stünde? Zuvor hatte sie das Vehikel neben ihm abschätzend beäugt!

Es war nicht zu vornehm für uns!

Sie schilderte dem Fremden unsere Misere und bat ihn, uns zu unserem Auto in einer abgelegenen Gegend zu fahren. Er bestätigte, dass wir uns ziemlich stark verlaufen hätten und war nach Zögern bereit, uns zu chauffieren!

Frauchen und der Fremde überquerten die Straße. Die ältere Kiste, neben der er stand, gehörte ihm nicht. Er ging zu einem Spitzenklasseauto mit Soester Kennzeichen, hängte den Bootsanhänger ab und fuhr uns in unwegsame Gegenden!

Sicher habe ich Hundehaare am Vordersitz hinterlassen und sie vielleicht Schmutz von ihren Schuhen.
Ich passte auf, dass der Fremde mir nicht mein metallenes Stachelhalsband klaute! Man weiß ja nie, zu wem man ins Auto steigt!

Er schien erleichtert zu sein, als er uns los war!
Aufatmend sagte er: „Hier ist ja schon der Missan!" Scheinbar war er froh, nicht in einen Hinterhalt geraten zu sein!
Geklaut haben wir ihm auch nichts! Höchstens zu viel dagelassen in seinem sehr gepflegten

Auto: Schmutz von den Schuhen und vom Pilzkorb und meine Haare am Vordersitz!
Eigentlich war er sehr mutig, denn wir waren in der Überzahl in einer einsamen Gegend und ich bin sehr gefährlich!
Mutig finde ich auch meine Familie bei Verzehr der Pilzmahlzeiten!
Ich esse ja keine Pilze. Das ist mir einfach zu gefährlich!

Schon die Namen verderben mir den Appetit: Fleckenstieliger Hexenröhrling, ein angeblich ausgezeichneter Speisepilz, oder: Netzstieliger Hexenröhrling. Er soll fast genau so gut sein, ist nur länger zu erhitzen. Satanspilze auf gar keinen Fall verspeisen!
Wie kann man so etwas nur mögen?
Da ziehe ich meine Hundedoseninhalte vor!
Fast so gefährlich wie verlaufen und vergiften sind aber auch die Wildschweine!
Frische Spuren nächtlicher Wildschweinwülereien lassen uns aufmerken! Mich, weil ich gespannt auf eine Begegnung mit ihnen bin, meine Lieben, weil sie den Schwarzkitteln lieber ausweichen möchten! Das ist ihnen bisher stets gelungen! Trotz der vielen Gefahren des Wildpilzgenusses sammeln wir jedes Jahr wieder. Der freundliche Autofahrer

aus Soest riet uns, eine Wanderkarte zu kaufen.

Das taten wir sofort an demselben Nachmittag am Kiosk an der Möhnetalsperrenmauer und können jetzt durch die Wanderkarte auf den rechten Weg geführt werden, falls wir nicht vergessen, sie mitzunehmen.

Edgar vom Dach
Während eines Herbstes waren wir zum ersten Mal nicht in die Pilze gefahren.
Das hatte verschiedene Gründe.
Der wohl wichtigste war, dass der verflossene Sommer so heiß und trocken war. So waren die Chancen gering, Pilze zu finden.
Einen einzigen, sehr schönen und gar nicht madigen fanden wir während einer Radtour entlang der Sorpetalsperre.
Das war die magere Ausbeute des Herbstes, obwohl Frauchen während des Radfahrens die Waldränder beäugte und manche Kletterpartie unternahm, weil sie glaubte, einen entdeckt zu haben.
Ich merkte sofort, wie unsinnig ihr Bemühen war, bei der Trockenheit auf Pilze zu hoffen.
Eigentlich hätte sie es besser wissen müssen!
So wurden unsere Radfahrten immer wieder unterbrochen durch ihre Pilzsammelversuche.

Ich genoss die Landschaft und den Duft des Waldes in vollen Zügen. Die Zwangsstopps behagen mir inzwischen, denn mein überschwängliches Temperament hat sich in meinen fast dreizehn Lebensjahren gemäßigt und ich schätze inzwischen Momente der Muße.
Ich habe den vielen anderen Radfahrern nicht nachgebellt!
Die unzähligen Inlineskater, die an uns vorbeiflitzten, bewunderte ich wegen ihrer Schnelligkeit und Geschicklichkeit.
Frauchen hatte die alten Rollschuhe unserer Tochter mitgenommen, um einmal ganz heimlich und unbeobachtet zu probieren, ob sie noch Rollschuhfahren könne, musste aber den Versuch kurze Zeit später abbrechen. Sie konnte kaum auf den Rollschuhen stehen, geschweige denn in nennenswerter Geschwindigkeit laufen.
Ich hatte während der Prozedur fortwährend Angst, sie könne stürzen und sich noch mehr blamieren als schon jetzt, denn der Mann vom Eiswagen und einige der wenigen Spaziergänger schauten belustigt.
Ich liebe mein Frauchen über alles und so war es mir peinlich, wie sie sich durch ihre Fahr-

versuche blamierte und die Leute rüberlächelten und ihr Mut zusprachen.
Sie ist zwar nicht gestürzt, aber oftmals fast!
Ich kann mir nicht vorstellen, dass all die anderen, schnittig sportlich fahrenden Inlineskater auch einmal so angefangen haben sollen, wie Frauchen auf Kathrins Rollschuhen.
Ein weiterer Grund, in diesem Herbst keine Pilze zu sammeln, war der Anbau.
Er raubte uns die Zeit und Frauchen manche Stunde nächtlichen Schlafs. Und im Zusammenhang mit diesem Anbau für unsere Kathrin, die mit ihrem Freund wieder zu uns ziehen möchte, kam Edgar auf unser Dach.
Bis auf ihn, die Dachdecker und unseren ersten Architekten waren nur tüchtige Handwerker hier tätig.
Edgar sollte das Dach verschalen.
Damit hatte er so seine Mühe.
Frauchen schimpfte zu Herrchen, dass die Arbeiten viel zu lange andauern und die Dachdecker deshalb nicht tätig werden können. Insbesondere fehlte eine Dachrinne während des dann doch stark verregneten Herbstes. Wegen der schleppenden Tätigkeit von Edgar konnte sie nicht angeschlagen

werden und so ergossen sich Ströme von Regenwasser durch eine Dehnungsfuge im Betonboden in die unteren Gebäudeteile.
Frauchen vermutete, dass Edgar auf unserem Anbaudach seine erste Rentenzahlung abwarten wolle.
Sie behauptete, dass jemand auf natürliche Weise so langsam gar nicht sein könne.
Er wirkte gedimmt und hatte offensichtliche Probleme!
Mir gefiel sein Einsatz!
Er machte wenig Krach! Von Zeit zu Zeit schlug er einen Nagel ein oder ließ die Handkreissäge kreischen.

Zeit ist Geld
Vor einem Jahr beschloss Frauchen, dass die oben leer stehenden Räume wieder genutzt werden sollten.
Kathrin hatte uns, und besonders mich, vor einigen Jahren verlassen, obwohl ich eigentlich ihr Hund bin. Sie hatte mich haben wollen gegen den Wunsch von Frauchen und Herrchen. Sie hatte so lange gebettelt, bis ich zu ihnen ziehen durfte, aber dann wendete sie sich von mir ab und verließ ohne erkennbaren Grund unsere Lebensgemeinschaft!

Aber schon sehr viel früher ließ ihr Interesse an mir nach!
Als die erste Begeisterung verflogen war, behandelte sie mich oft stiefmütterlich!
Nur gut, dass ich Frauchen habe. Ich liebe sie sehr, weil sie mich am meisten streichelt, mir Futter gibt, mein Körbchen ordnet und sich mit mir unterhält. Ich verstehe fast alles, was sie mir erzählt.
Sie spricht über unsere Hühner und Gustav, den lautstarken Hahn, über die verwilderten Hauskatzen vom Nachbargrundstück, über Vögel, Mäuse und Ratten.
Manchmal schmust sie ganz lange mit mir, während Herrchen derjenige ist, der lange Spaziergänge mit mir unternimmt.
Als Kathrin erfuhr, dass Frauchen Veränderungen am Haus vorzunehmen gedachte, äußerte sie den Wunsch, wieder nach Hause ziehen zu wollen. Mein romantischer, großer Garten würde ihr sehr fehlen und auch das Leben in unserem ältlichen, gemütlichen Haus. Dass ich ihr fehlen würde, hat sie, sehr zu meinem Ärgernis, nicht erwähnt.
Herrchen stand den Planungen abwartend gegenüber, wie immer, wenn an unserem Gemäuer gearbeitet werden soll.

Er wirkte knurrig und wir gingen oft gemeinsam durch die Felder.
Natürlich habe ich schon vor langer Zeit gemerkt, dass Herrchen auf Baumaßnahmen genau so gereizt reagiert wie ich. Wir hassen alle Störungen in unseren geordneten Tagesabläufen. Wir hassen es, dass täglich hier fremde Leute sind, die Lärm und Schmutz machen.
Herrchen stört in allererster Linie, dass alles Geld kostet - ungeheuer viel Geld.
Ich würde am liebsten alle Handwerker beißen und vertreiben! Aber Frauchen achtet peinlich genau auf stets verschlossene Türen, damit die nicht reinkönnen und ich nicht raus!
Außer Werner, unseren handwerklich über alle Maßen begabten Bekannten, den Frauchen kürzlich zu unserem „Haustechniker" ernannte, kann ich keinen Krachschläger hier leiden.
Dass sie nicht langsam die Lust am Renovieren und an Bautätigkeiten verloren hat, wundert mich, denn bei jeder größeren Maßnahme bekommt ihre Seele Kratzer ab. Oft muss sie erlebt, dass es schwer ist, sich als Frau in diese von Männern dominierten Arbeitswelt einzumischen.

Da ihr, wenn sie etwas renovieren lassen möchte, keine andere Wahl bleibt, als sich um alles zu kümmern, weil Herrchen meistens an seiner Arbeitsstelle ist, wenn bei uns die Handwerker hausen, muss sie hier ihren Mann stehen.
Manchmal scheint ihr das regelrecht Spaß zu machen, wenn sie auf Handwerker wie unseren Werner trifft, die durchaus mit Frauen zusammenarbeiten können, die Vorschläge und Anregungen von Frauen nicht sofort als geistig krankhafte Auswüchse einstufen.
Schlimm jedoch sind die Machos!
Hinter ihrer motzigen Fassade verbergen sie ihre Unsicherheit. Offensichtlich leiden sie noch unter der Enttäuschung ihrer Mütter, weil sie nur Handwerker und nicht Arzt oder Geisteswissenschaftler geworden sind.
Die tun, als seien sie die Könige des Gewerkes und alle anderen würden nur Murks machen.
Besonders Frauen!
Wenn ich diese Typen schon wittere, sträuben sich meine Nackenhaare und ich könnte mich an ihnen festbeißen. Sie sind gottlob in der Minderzahl, wachsen aber immer wieder nach und sind in allen Altersgruppen anzutreffen!
In der seit Herbst laufenden Baumaßnahme für

Kathrin steckte von Anfang an der Wurm drin!
Eigentlich wollten alle durch eine gute Vorbereitung und Planung Zeit und Geld sparen, aber es kam, wie so oft bei uns, anders.
Kürzlich hörte ich Frauchen in sehr scharfem Ton zu einem Juniorchef sagen: „Das ist ja wohl das Letzte!"
Ich erschrak, weil ich glaubte, sie schimpfe mit mir.
Nun hoffe ich inständig, dass sie gemeint hat, dies sei unsere letzte Baumaßnahme überhaupt.
Ich finde, dass bei uns immer alles ganz in Ordnung ist, aber oft wird die Gemütlichkeit durch den Stress mit Handwerkern gestört.

Wurm im Gebälk
Stress gab es in der Folgezeit zur Genüge, weil Frauchen dickköpfig durchsetzen wollte, dass der Bau winterfest wurde. Dies ist ihr fast gelungen!
Das ursprüngliche Ziel, Zeit und Geld zu sparen hat sie weit verfehlt!
An ihr hat es nicht gelegen!
Um Zeit zu sparen, nahm sie einen anderen, als den ihr empfohlenen Architekten.
Das war ein teurer und zeitaufwendiger

Fehler!
Eigentlich hatte bisher ein gestandener Architekt durch alle Jahre hindurch die Baumaßnahmen an unserem Haus begleitet. Im letzten Jahr setzte er sich zur Ruhe und empfahl einen Kollegen, der noch nicht allzu lange hier ansässig ist, aber halt empfehlenswert sei, meinte der ehemalige Baukünstler.

Frauchen rief im Büro des neuen Architekten an und erfuhr, dass der noch wenige Tage im Winterurlaub sei.

Da sie Zeit sparen wollte, beauftragte sie einen anderen, versicherte sich, dass er für unsere Planung Zeit haben würde und betonte, dass wir im Mai mit der Baumaßnahme beginnen wollten. Sie glaubte, das sei eine realistische Vorlaufzeit zur Erlangung einer Baugenehmigung - und irrte!

Im Mai erhielten wir eine Zeichnung mit der Ansicht der Anbaufassade, die uns staunen ließ.

Alles war anders, als zuvor besprochen!

Man hatte die neue Fassade an die Ansicht unseres Hauses angeglichen, wie sie vor einer früheren Baumaßnahme aussah. Ich lebte damals noch nicht und kenne das Haus nur so,

wie es sich jetzt darstellt - in leichtem Bayernlook: flache Dachneigung, gleichwinkelige Giebel, breite Dachüberstände mit Eternitschiefer und keinesfalls mit schiefem Nachkriegswalmdach!
Das aber hatte der Anbau, weil dem Architekten eine Zeichnung zur Verfügung gestellt worden war, die den zu überplanenden Grundstücksteil deutlich darstellte, leider aber auch den ehemaligen Hausgiebel zeigte!
Nun glaubt Frauchen, es sei im Zeitalter der Fotografie legal, wenn jemand, der ein schlechtes visuelles Gedächtnis hat, sich dieser technischen Hilfsmittel bedienen sollte, bevor er neue Anbaufronten an nicht mehr existierende Hausansichten anpasst.
Sie war entmutigt, wusste nicht weiter und Herrchen ebenso!
Er sagte aber auch nicht: „Ich hab ja gleich gesagt, lass es sein!"
Ich saß neben dem Tisch und war ganz brav, als ich ihre Erschütterung spürte. Sie taten mir in ihrer Ratlosigkeit leid. Frauchen meckerte über den Architekten, der seine Auszubildenden - sie sagte: Lehrlinge - die Planung ausführen ließ.
Sie hingegen meinte, Altbausanierung und

Anbauten bedürften eines besonderen Könnens, weil man viele Maße und Baumaterialien berücksichtigen müsse.

Sie tat mir leid, weil sie so traurig war, als sie sagte, dass sie sich die ganze Misere selbst zuzuschreiben hätte, weil sie Zeit sparen und nicht warten wollte, bis der ihr empfohlene Architekt aus dem Urlaub zurück war.

Es waren höchstens vier Tage, die gespart werden konnten. Dafür hat sie fast vier Monate eingebüßt!

Am Ende des langen Überlegens am Esszimmertisch stand, dass Herrchen fragte: „Und wenn wir wechseln?"

Daran hatte Frauchen auch schon gedacht, aber die Kosten gescheut! Sie wollte einen günstigen, zweckmäßigen und möglichst schönen Anbau für unsere Kathrin und deren Freund erstellen.

Nun begann es schon mit doppelten Planungskosten!

Sie wechselten!

Frauchen rief den im Januar von unserem bisherigen Baumeister empfohlenen Kollegen an und erkundigte sich, wie ein Wechsel vonstatten gehen könne und ob er die Planung übernehmen würde.

Er tat es und innerhalb von acht Wochen hatten wir eine Baugenehmigung für Zeichnungen, die stimmten und alle zufriedenstellten.

Neulich sagte eine Nachbarin von gegenüber zu Frauchen, mit der sie, außer flüchtigem Grüßen, zum ersten Mal sprach, wie schön das neue Gebäude aussähe. Sie schaue ja direkt darauf und sei jeden Tag verwundert, wie nett alles wirken würde.

Das finde ich auch!

Nun kann niemand mehr von unserer belebten Straße durch die Ritzen im Tor in meinen romantischen Garten schauen. Der Blick ist versperrt von einem wohl ansehbaren, breiten Anbau an unser betagtes, in verschiedenen Baumaßnahmen geliftetes und runderneuertes Haus.

Ich brauche mich jetzt nicht mehr darüber aufzuregen, was vorne geschieht, denn zur Straße hin ist das gesamte Grundstück nun bebaut.

Unruhe gab es während der Baumaßnahme für mehrere.

Ich war geschafft von dem Baukran! Es regte mich unsäglich auf, wenn er über meinem Grundstück kreiste.

Während der Rohbauphase gab es orkanartige Stürme und ich war froh, dass der Kran nicht umkippte! Sein Ausleger drehte sich im Wind und machte mich völlig nervös!
Frauchen verschloss die Jalousien, damit ich nichts sehen konnte, aber ich spürte dennoch alles!
Sie war auch ganz schön aufgeregt!
Zum einen verwunderten sie die neuen Baumethoden!
Es wurden Porengrobbetonsteine - oder waren es Grobporenbetonsteine? oder hieß es gar nicht „Beton?" - also Steine wurden gesteckt und geklebt.
Frauchen zweifelte an der Haltbarkeit der Neuerung und fragte die Bauarbeiter: „Weiß Herr Ebenholz" - das ist der Name unseres Super-Architekten - „was sie hier machen?" „Der schreibt das vor!" war die Antwort. „Und das soll halten?" lautete ihre ungläubige Frage.
Ich stand neben ihr und hatte ähnliche Zweifel. Wir konnten nicht glauben, dass diese hauchdünne Klebeschicht in der Lage sein würde, die Verantwortung für die Standfestigkeit des Gebäudes zu übernehmen, aber Frauchen sagte nichts von ihren Bedenken, um sich nicht lächerlich zu machen.

Was ist, wenn Materialermüdung eintritt?
Grundlegende Zweifel sind geblieben.
Die Baumaßnahme schritt zügig voran.
Frauchen fragte Günter, den Mann von der Baufirma, der mittels eines kleinen Kästchens vor seinem Bauch den gewaltigen Kran steuerte, viele merkwürdige Fragen, die ihn manchmal den Kopf schütteln ließen.
Ich mochte diesen Günter vom Bau nicht, weil er den Kran bewegte. Aber er war sehr wichtig, denn er konnte die Bauzeichnungen lesen und alles perfekt umsetzen!
Einmal schwebte ein Drittel unseres alten Garagendaches am Kran. Frauchen machte Fotos davon.
Ich stand zitternd neben ihr und hoffte, dass die riesige Betonfläche nicht auf unser Hausdach stürzen möge.
Alles ging gut!
Günter setzte die Zeichnungen zentimetergenau um und der Neubau entstand im sechs Wochen.
Genau so lange dauerte das Dach! Zuerst verzögerte sich das Richten des Dachstuhls!
Danach kam Edgar, die Schlafmütze, zum Verschalen.
Inzwischen regnete es pausenlos.

Durch die undichten Stellen in unserem Hausdach rann das Wasser.

Es suchte sich Wege hinter der Tapete im oberen Stockwerk entlang und trat an Nägeln für Bilder und anderen Beschädigungen aus, lief auf den Teppichboden und benässte aufgerollte Teppiche.

Als wir nach oben gingen, raschelte es hinter der Tapete. Rinnsale ergossen sich auf den Fußboden.

Da wurden Frauchen und Herrchen aktiv!

Sie rissen die Tapeten auf, damit das Wasser austreten konnte, legten Plastikplanen aus und stellten Schüsseln auf.

Mir wurde ganz schwindelig vom Zuschauen.

Ich legte mich in eine Ecke des Flures und sah dem Treiben aus gesicherter Distanz zu.

Nun war zu erwarten, dass Frauchen Aktivitäten vom Dachdecker verlangte.

Dieser schien wenig Zeit zu haben und schob die Arbeiten vor sich her.

Als er endlich vor Ort erschien, stellte er fest, dass ohne Gerüst nichts zu machen sei. Ein Gerüst müsse her, sonst würde die Baustelle stillgelegt werden. Sie könnten ja das Gerüst zusammen mit dem Stuckateur nutzen. Das sei preisgünstiger. Man könne sich mit dem

Außenputzhersteller absprechen, um in einigen Wochen gemeinsam zu beginnen.
Aber Frauchen protestierte!
Einige Wochen lang könne es unmöglich in die Schüsseln und Töpfe und auf die Plastikplane regnen!
Auch glichen unsere Garagen seit längerer Zeit eher mäßig gefüllten Schwimmbecken, als Unterstellmöglichkeiten für Autos und sonstiges.
Wenn das einzige Hindernis das fehlende Gerüst sei, von dem Frauchen bis zu diesem Zeitpunkt geglaubt hatte, dass die Dachdeckerfirma es mitbringen würde, dann würde sie sich um dessen Aufstellung kümmern. Sie tat dies mit der ihr eigenen Gründlichkeit! Eineinhalb Tage später umhüllte ein Baugerüst unseren Anbau.
Die Gerüstbaufirma war flexibel, pünktlich und günstig. Frauchen war sehr stolz auf sich und ihre Leistung, aber die Dachdeckerfirma kam trotzdem nicht.
Es regnete unaufhörlich weiter!
Das Wasser rann durch eine Dehnungsfuge zwischen der rückwärtigen Balkonbetonplatte und dem Wohnzimmerfußboden in die, als Lagerraum an ein Ingenieurbüro in unserem

Hause vermietete, rechte Garage und in unsere. Letzteres wäre nicht so schlimm gewesen, aber Frauchen meinte, dass wir die Geduld der netten, jungen Leute zur Genüge beansprucht hätten, die ihre Gerätschaften in der Zeit, während der die Garage Hochwasser hatte, anderswo lagern mussten. Bevor nun von deren Seite Ärger auf uns zukommen würde, nahm sie lieber den Krawall mit dem Dachdecker in Kauf.
Sie nervte ihn mit mehreren Anrufen wöchentlich.
Als sie an einem Freitagmorgen bemerkte, dass wieder niemand auf unser Dach stieg, besprach sie seinen Anrufbeantworter und sagte, dies sei der letzte Versuch, ihn an seine Zusage zu erinnern, nach der seine Firma bereits seit zwei Tagen hier tätig sein müsse.
Es wirkte!
Der Dachdeckermeister rief unverzüglich hier an und versprach, sobald es trockener würde, noch an diesem Tage jemanden zu schicken.
Das tat er auch! Aber leider bedurfte es immer wieder Erinnerungen, damit die Arbeiten weitergeführt wurden.
Als orkanartiger Sturm angekündigt wurde, machten wir uns Sorgen wegen der, mit

Sicherheit wenig gefüllten Gasflasche, die auf unserem Dach lagerte.

Zuvor war von einem Gesellen das Restgas abgefackelt worden, glaube ich zumindest. Der Brenner zischte stundenlang mit nach oben gerichteter Flamme, während der Handwerker mit seinem Kollegen, dem Spengler, quatschte.

Ich hasse das Geräusch von Gasbrennern auf dem Dach, weil es mich an Heißluftballons erinnert. Hassenswert ist es, fast genauso wie Baukräne!

Das Zischen versetzt mich in Wut und es beängstigt mich zugleich! Ich belle und zittere und mir ist übel!

Ich mochte den Dachdecker nicht leiden, der mit der Brennerflamme hantierte. Auch fürchtete ich, dass er unser gesamtes Hausdach abfackeln könnte. Das geschah glücklicherweise nicht.

Die vermutlich leere Gasflasche wurde auch von keiner orkanartigen Sturmböe fortgetragen, denn nach Herrchens telefonischer Bitte, die Flasche zu entfernen, wurde erst am zweiten Tag des Unwetters reagiert.

Über den Anruf bei seinem Chef war der Dachdecker stinksauer und motzte Frauchen an und fragte, wie sie die Gasflasche über-

haupt von unten habe sehen können.
Die meckerte zurück, nicht laut, aber treffend.
Natürlich kamen die Dachdecker an den folgenden Tagen wieder nicht, weil sie Sturmschäden beseitigen mussten.
Selbstverständlich hatte ich dafür Verständnis, nicht aber für die vorherige Bummelei.
Inzwischen hatten die Putzer rundum den Isolierputz fertiggestellt und bangten um ihr Werk, weil die Fallrohre noch nicht an der zwischenzeitlich installierten Dachrinne angebracht worden waren.
Der Dachdeckerjuniorchef meinte, die Fallrohre würden von den Putzern beschädigt, während die sagten, sie seien in der Lage, Rauhputz aufzuziehen bei nur drei Zentimetern Abstand zwischen Mauerwerk und Fallrohr. Sie führten weiterhin aus, dass der schöne Putz in Strömen weggespült würde, wenn kein Fallrohr vorhanden sei.
Daraufhin konstruierten Frauchen und Herrchen ein Provisorium aus alten Dachrinnen, Plastikrohren, Draht, Holz und Steinen. So konnten die riesigen Wassermengen vom Putz abgeleitet werden.
Dafür überschwemmten Teile meines Gartens.
Einen Tag, nachdem die Putzer fertig waren,

kamen der Dachdecker und der Spengler erneut.

Natürlich war wieder von uns angerufen worden.

Vermutlich war er wegen der Gasflasche noch verärgert, denn im ersten Arbeitsgang schmiss der Dachdecker das provisorische Fallrohr gegen den noch frischen Rauhputz.

Die gewagte Konstruktion hatte immerhin die orkanartigen Sturmböen überstanden und fiel nun durch Unachtsamkeit gegen den noch nicht ausgehärteten Edelputz.

Er wurde nicht nennenswert beschädigt.

Und damit das auch beim Hochstemmen der unhandlichen Eisenböcke auf die Balkonplattform so blieb, schaute Frauchen zu und bat, doch sorgsam mit dem wahrhaft teuren Putz umzugehen. Natürlich hatte sie wieder zu viel gesagt! An der Baustelle wurde es ruhig!

Das Nächste, was sie hörte, war das Schellen unseres Telefons.

Am anderen Ende der Leitung war der Juniorchef und bat Frauchen, seine Mitarbeiter in Ruhe arbeiten zu lassen! Seine Stimme klang gereizt! Frauchen fragte, ob seine Leute in die Firma zurückgekehrt seien und das Telefonat mithören würden?

Sie sagte, das sei Arbeitsverweigerung und der von ihm gerade beschrittene Weg sei wenig dazu geeignet, sich Autorität zu verschaffen. Er setze am falschen Punkt an.
Seine Überreaktion zeigte, dass er selbst ganz erhebliche Schwierigkeiten mit diesem Dachdecker hatte.
Der soll wegen Gewalttätigkeiten bereits gesessen haben.

Nullpunkt
Frauchen analysierte tapfer des Juniorchefs Fehlverhalten, überhörte, dass er mehrfach androhte, die Baustelle mit seinen Mitarbeitern zu verlassen! Nichts anderes war in den vergangenen Wochen eigentlich passiert. Sie bat ihn in scharfem Ton, sich zu uns zu begeben, damit hier vor Ort anstehende Fragen geklärt werden könnten.
Als er kam, war er sauer und wiederholte, wie eine defekte Schallplatte, Frauchen solle seine Mitarbeiter in Ruhe arbeiten lassen und er möchte am liebsten die Baustelle schließen.
Sie biss sich auf die Zunge und sagte nicht: „Tun sie das bitte!" obwohl ihr danach zu Mute war, aber dann wären die Fallrohre noch später montiert worden und die Dachundich-

tigkeiten hätten weiterhin bestanden. Unser Werner sagt, dass es nicht leicht ist, eine neue Firma zu finden, die eine angefangene Baustelle übernimmt. So sagte mein Frauchen nachdrücklich, sie wünsche, nach fünf Wochen Tätigkeit seiner Firma an diesem Dach zu einem Abschluss zu gelangen!
Inzwischen mussten die Sparrenköpfe nachgestrichen werden. Sie sahen mittlerweile graugrün aus, weil unter den Kupferkehlen das Wasser an das Holz floss.
Die zweite Pappschicht war unvollständig, die Wasserköpfe und Fallrohre fehlten, ebenso weitere Kupferkanten und die Pappschindeln.
Froh war Frauchen, dass sie die angeforderte Abschlagszahlung nicht in voller Höhe angewiesen, sondern den Betrag der tatsächlich erbrachten Arbeitsleistung ermittelt und bezahlt hatte.
So brauchten wir im Ernstfall nicht hinter unserem zu viel gezahlten Geld herzulaufen.
Jedoch trat der Ernstfall nicht ein.
Dafür aber ein kontrovers geführter Meinungsaustausch, in dessen Verlauf Frauchen hartnäckig behauptete, sie habe das Recht, in unserem Garten zu stehen, um durch ihre bloße Anwesenheit Schaden von unserem Putz

fernzuhalten.

Es könne sein, sagte der Juniorchef, dass ihm auch der Schraubenzieher aus der Hand fallen würde, wenn seine Schwiegermutter hinter ihm stünde. Ob und warum das so sei, könne Frauchen nicht beurteilen, erwiderte sie, was sie jedoch mit Bestimmtheit sagen könne sei, dass hier nicht Schraubenzieher gegen den Putz gefallen seien, sondern provisorische Fallrohre.

Jetzt geriet sie erst richtig in Fahrt!

Dass die behelfsmäßig festgebundenen und unterstützten Plastikrohre und Zinkdachrinnen überhaupt durch uns angebracht werden mussten, habe ja wohl er persönlich zu vertreten! Wer koordiniere wohl sonst die Arbeitseinsätze, wenn nicht er!

Dass dies hier nach einer gut geführten Baustelle aussehe, könne er wohl nicht behaupten.

Als sie im Anschluss noch Auskunft über die Abflussrohrentlüftungen und einen Innenraumentlüfter haben wollte, deren Einbau schon zu einem früheren Zeitpunkt hätte erfolgen sollen, sprach der Dachdeckermeister von anderen Dachentlüftungen, die durch das fehlerhafte Arbeiten der Bauschreinerei erfor-

derlich werden würden und schimpfte auf die Schreinerei.
Da war es wieder!
Jeder Handwerker schimpft über die zuvor tätigen Firmen!
Dies sei ein Meisterbetrieb, der bei einem voll verschalten Dach Hinterlüftungen vorsehen hätte müssen und überhörte Frauchens mehrfach vorgetragene Frage nach den von Bauamt vorgeschriebenen Entlüftungen völlig.

Im Weggehen empfahl er ihr, seinen Mitarbeitern einen Kaffee zu kochen. Den könne er selbst für seine Angestellten kochen, wenn er wolle. Sie für ihren Fall würde bezweifeln, dass durch Kaffeetrinken das Dach dicht würde.

Er stieg wortlos in sein, sein Selbstbewusstsein hebendes Spitzenklasseauto und ließ Frauchen mit ihrer Frage nach der drei vorgeschriebenen Entlüftern im Regen stehen.
Die Stimmung erreichte den Nullpunkt!
Sie fühlte sich gemobbt!
Sie sollte Kaffee kochen und sich damit auf Tätigkeiten beschränken, die sie seiner Meinung nach hoffentlich besser können würde, als die Leitung dieser Baustelle zu

haben. Klar war ihr, dass zwischen ihr und dem Juniorchef Funkstille eingetreten war, aber die Entlüfterfrage bedurfte einer Klärung.
Es drängte!
Es sollten nicht die falschen und auch nicht überflüssige eingesetzt werden, um unnötige Schwachstellen in der Dachhaut zu vermeiden.
Frauchen rief unseren Architekten an, schilderte die verfahrene Situation und bat ihn um Vermittlung. Er freute sich hörbar über ihren Anruf und sagte, dass sie ja lange nichts voneinander gehört hätten.
Dies läge an seiner hervorragenden Planung, die bisher peinlich genau umgesetzt werden konnte, aber jetzt befände sich der Bau in einer Krise.
Er versprach, sich zu kümmern!

Männersache
Am nächsten Morgen, Frauchen, unsere Kathrin und unser Haustechniker Werner saßen beim Kaffeetrinken, Herrchen stand unter der Dusche und ich lag neben dem Esszimmertisch und wartete, dass für mich Leckerchen herunterfielen, stand plötzlich ein mir fremder Mann in unserem Garten.
Frauchen erhob sich.

Ich folgte ihr in den Wintergarten. Ich wollte bellen, aber sie sagte schroff: „Jenny! Still!"
Sie öffnete die Tür zum Garten und begrüßte freundlich den Fremden, den sie „Herr Ebenholz" nannte.
Er kam zu uns rein.
Der Kaffee war alle.
Er nahm am Tisch Platz und sagte, er habe einen Termin mit den Mitarbeitern der Dachdeckerfirma, um ihnen die Punkte der Dachentlüftungen zu zeigen.
Ich bin fest davon überzeugt, dass mein Frauchen dazu auch in der Lage gewesen wäre, aber man ignorierte sie!
Der Juniorchef hatte keine Zeit, um an dem Gespräch mit unserem Architekten teilzunehmen, sagte er. Des Weiteren bestritt er gegenüber Herrn Ebenholz, dass es an unserer Baustelle Probleme gäbe.
Dies zu hören erstaunte Frauchen.
Auch mir und Kathrin blieb der Mund offen stehen, denn wir waren Zeugen seines vorherigen Anrufes und Auftritts.
Nachdem unser anerkannter Architekt, der einen europaweit bedeutsamen Hindutempel in unserer fast im Herzen Europas gelegenen Stadt baute, den Dachdeckermeisterjuniorchef

anrief und sich in dieser verfahrenen Situation um unsere Baustelle kümmerte, konnten wir erstaunt vernehmen, dass alles unproblematisch liefe!
Die Handwerker erschienen wieder einmal zum angegebenen Zeitpunkt nicht.
Herr Ebenholz war, wie verabredet hier und wartete an unserem Frühstückstisch auf die Möglichkeit, ihnen bauliche Anweisungen geben zu können.
Frauchen verkündete, wie stolz sie sei, in gut drei Monaten so weit gekommen zu sein und drückte ihren Ärger über die schleppende Fertigstellung des Daches aus. Herr Ebenholz war sichtlich erstaunt, dass die Baumaßnahme so weit gediehen war und sagte, dies sei nur möglich, weil Frauchen unverkennbar Erfahrungen mit Bautätigkeiten habe.
In diesem Punkt hatte er Recht!
Seit mehreren Jahrzehnten versucht sie sich als Bauleiter, stößt jedoch mit Sicherheit immer wieder und oft an ihre Grenzen.
So wie bei den Dachdeckern!
Herr Ebenholz aber auch!
Als die beiden Arbeiter nach dem Telefonat mit dem Juniorchef endlich hier eintrafen, weigerte der Flachdachspezialist sich vehe-

ment, an den von unserem berühmten Architekten angegebenen Stellen die vorgeschriebenen Entlüfter einzubauen Kurze Zeit später tat er es dann doch.

Herr Ebenholz gab zu, trotz seiner überragenden Funktion an Baustellen, mit einer besonderen Sorte von Handwerkern auch bisweilen Schwierigkeiten zu haben.

Das Problem der Dachhinterlüftung löste Werner im Gespräch mit Herrn Ebenholz auf eine praktische, unkomplizierte und preisgünstige Weise.

Weihnachtsimpressionen

Er setzte seine Theorie auch unverzüglich in die Praxis um, so lange das Gerüst noch stand.

Nachdem Frauchen der Dachdeckerfirma eine schriftliche Frist zur Fertigstellung des Daches gesetzt hatte, weil sie das Gerüst bis zum Weihnachtsfest abgebaut haben wollte, wurden deren Arbeiten zwei Stunden vor dem Abrüsten beendet.

Ich war froh, die Dachdecker los zu sein, die in längeren Abständen in den letzten sechs Wochen hier tätig waren.

Den Macho konnte ich sowieso nicht leiden.

Ebenso das zischende Gas.

Der Spengler war mir sympathischer.
Zwei Tage vor Weihnachten wurde das Gerüst abgebaut.
Das ging ziemlich schnell und erfolgte termingerecht, genau wie dessen Aufbau.
Frauchen putzte in der Folgezeit pausenlos Fenster. Zuvor konnte man kaum noch durchschauen!
Der Regen war auf die Gerüstbohlen geprasselt und an die Fenster gespritzt. Sturm schleuderte Sand und Putzreste an unsere Scheiben.
Aber Frauchen bekam alles ab und räumte noch unter dem Abdach auf, wo sich Zementsäcke, Tüten von Edelputz, Plastik und Styroporabfälle häuften.
Als die letzten Schneereste weggeregnet waren, harkte sie den Sand im hinteren Bereich der Baustelle und entfernte Steine und Putzreste, damit der Blick aus dem Wohnzimmerfenster an den Festtagen nicht durch Unordnung gestört würde.
Zur Straße hin sollte Herrchen aufräumen! Ich freute mich darauf und stand schon schwanzwedelnd vor der Wintergartentür, denn ich darf mich nicht oft in unserer Einfahrt aufhalten.

Von dort erlebe ich das Treiben vor unserer Tür. Ich sehe die vielen geschäftigen Einkäufer, die zu dem Ladenlokal einer Lebensmittelkette streben und die letzten Besorgungen zum Weihnachtsfest erledigen.
Ich sehe die vielen, meist jüngeren Leute, die in die vorderen Räume in unserem Hause gehen. Der Laden nimmt die gesamte Vorderfront ein, so dass ich kein Fenster habe, um aus der warmen Stube alles auf der Straße beobachten zu können.
Da ist es schon eine besondere Abwechslung, wenn Herrchen das Auto wäscht und ich ihm Gesellschaft leisten darf. Oder wenn er die Einfahrt fegt und ich ihn dabei beschütze.
Ich schaue über den Jägerzaun, auf den Hinterpfötchen stehend, und beobachte und belle.
Die Leute, die aus dem Geschäft in unserem Haus kommen, haben meist ein kleines, unverpacktes, schwarzes Gerät in der Jackentasche, das sie unmittelbar nach Verlassen des Ladens hervorziehen, einige Knöpfe drücken und dann mit einem Gesichtsausdruck freudiger Angespanntheit ans Ohr halten und nach kurzer Zeit hineinsprechen.

Handys sind der Renner im Weihnachtsgeschäft, das merkte ich sofort!
Ich freute mich schon ungestüm, als Frauchen am Morgen des Heiligen Abends mehrfach zu Herrchen sagte, er möge die Einfahrt harken und Isolierputzreste und Plastiknetzmattenschnipsel entfernen.
Er regte sich nicht!
Ich umsprang ihn und lief zur Tür des Wintergartens, aber er wollte nicht. Blieb einfach stur sitzen und hörte nicht auf Frauchen!
Es war nicht zu fassen! So hätte ich mich einmal verhalten sollen!
Sie hätte bestimmt mit spitzer Stimme, die mich jedes Mal bis ins Mark durchbebt, kommandiert: „Jenny! Lass!" - oder: „Jenny! Bei Fuß!" - oder: „Jenny! Komm raus!" aber sie sagte unvermutet leise mit, wie ich meine, drohendem Unterton zu Herrchen: „Wenn du nicht unverzüglich die Einfahrt in Ordnung bringst, so, dass sie einen sauberen Eindruck macht, wie sich das zu Weihnachten gehört, dann wundere dich nicht, wie schnell hier die Stimmung umschlagen wird und wie nachhaltig! Ich habe gestern ja die gleiche Arbeit im Garten verrichtest und das war viel

mehr! Da wird dir das heute auch zuzumuten sein! Glaub nur nicht, du könntest hier die ganze Zeit sitzen und auf den Heiligen Abend warten!" Sie sah wütend aus und beugte sich über die Gans auf der Spüle und zupfte ausdauernd die Federreste und Kiele mit einer Pinzette heraus.

Ich hätte das wundervoll duftende Tier ohne großes Federlesen gefressen, konnte aber nur schnüffeln.

Herrchen knurrte, er habe keine Hose, da die Arbeitsjeans am Tage zuvor zusammen mit Frauchens Arbeitsklamotten gewaschen worden war. Die waren nach ihrer Aufräumaktion im Garten durchnässt und völlig verdreckt in der Waschmaschine gelandet.

Aber als Herrchen ihren wilden Gesichtsausdruck sah, fand er dann schließlich noch eine andere Arbeitshose, zog den Parker an, wirkte noch knurriger als sie, ging jedoch und ich mit ihm.

Viel früher hätten die Arbeiten nicht erledigt werden können, da zwei Tage zuvor noch das Gerüst gestanden hatte.

Ich ignorierte, dass Herrchen sauer war!

Mir gefiel, was ich auf der Straße beobachten konnte!

Das lebhafte Treiben fesselte mein Interesse.
Die Einkaufswagen rappelten über das rosa Kleinpflaster bis zu den Kofferräumen und schepperten leer zur Ladentür zurück. Die Parkplätze waren heiß begehrt und permanent besetzt!
Fußgänger trugen Plastiktüten. Es war viel los!
Als ich Zeit hatte, mich nach Herrchen umzuschauen, war ich überrascht, wie erfolgreich er bereits war.
Seine Laune schien sich auch gebessert zu haben!
Die Arbeit an frischer Luft bekam ihm offensichtlich gut. Er fegte und harkte und sammelte zusammen und war kaum zu bremsen.
Dann konnte er zum ersten Mal seit Wochen wieder die Autos in die Garagen fahren. Das wurde lange durch das Gerüst verhindert. Der Estrich war auch inzwischen ausgehärtet.
Als Herrchen seine Arbeit beendet hatte, wirkte er fast fröhlich und fragte Anteil nehmend, als er in die Küche kam: „Du bist ja auch noch nicht mit der Gans fertig. Das dauert vielleicht lange! Muss man denn so genau sein?"
Frauchen entgegnete, dass es jedes Jahr die

gleiche Zeit beanspruche. Sie setzte sich stets ein Zeitlimit.

Trotz Zeitlimitierung zupfte sie noch eine halbe Stunde länger und fand immer noch etwas.

Die Gans duftete aromatisch nach Oregano, Zwiebeln, Äpfeln und einfach herrlich nach Gans!

Ich lag in der Küche und atmete schwer. Die Beleuchtung des Backkastens wies die Richtung zu unvorstellbaren Köstlichkeiten. Natürlich gab es Rotkohl, wie jedes Jahr. Frauchen deckte den Tisch und ich merkte sofort, dass sie einige Teller mehr drauf stellte als sonst.

Aha, wir bekommen Besuch!

Es war Kathrin mit ihrem Freund, die beide ja bald wieder zu uns ziehen. Für sie haben wir das ganze Geld ausgegeben, ertrugen den Lärm, die Unordnung und den Ärger.

Als Frauchen gerade die Klöße aus dem Kochwasser nahm, schellte es und sie standen vor der Tür.

Sie rochen nach ihrer Katze! Das kann ich Kathrin am allerwenigsten verzeihen, dass sie mich verstoßen hat und sich eine Katze kaufte! Alle umarmten sich und wünschten sich ein frohes Weihnachtsfest. Ich hoffte, dass sie beim Verzehr des Wohlduftenden auch an mich denken würden.

Kathrin sagte zu mir: „Hey, Jenny!" und Markus sagte: „Hallo, du!"

Sie aßen im Dämmerlicht.

Nur die rote Lichterkette unseres zimmerhohen Tannenbaums, die winzigkleine Beleuchtung eines Lebensbaumstraußes und die Kerzen des Adventskranzes waren angezündet. Bei dem Licht hätte man sowieso keine Federreste gesehen und die stundenlange Zupferei erschien mir doppelt überflüssig.

Alle sagten, dass die Gans herrlich zart sei und unvergleichlich schmecken würde.

Das konnte man bei dem Preis und der Mühe bestimmt auch verlangen, meine ich.

Fast zwei Monate lang hätte ich Hundedosenfutter dafür bekommen. Sie kaufen ja immer eine preiswerte Sorte, die mir allerdings sehr gut schmeckt.

Ich wundere mich jedes Jahr aufs Neue, was alles in der trostlosen, nebeligen Zeit bei uns zu Hause passiert!

Da werden Zweige geschmückt, Fenster erleuchtet, alle Ecken besonders genau

geputzt, zwischendurch singt Frauchen schrill und übt für das Weihnachtskonzert ihres Chores, hört sehr laut CDs und bestimmt, welchen Baum Herrchen absägen soll.
Als ich noch klein war, wunderte ich mich über dieses Treiben und glaubte, dass der Baum für mich bestimmt sei, um mir bei dem unwirtlichen Wetter Gänge in den Garten zu ersparen.
Ich sollte mich aber getäuscht haben.
Schon beim ersten Versuch, am Weihnachtsbaumständer mein Geschäftchen zu verrichten, rissen sie mich vom Tannenbaum fort, so dass sich einige Tröpfchen Urins auf den Holzfußboden unseres Wohnzimmers ergossen.
Frauchen schimpfte mit mir!
Ich war total erschrocken! In meiner Naivität hatte ich geglaubt, man hätte so eine Art Hundeklo installiert, zumal der Baum in einem wassergefüllten Behälter stand.
In den Folgejahren wusste ich Bescheid! Nicht für mich!
Kathrins Katze hat ein eigenes Klo!
Ich muss weiterhin bei Wind und Wetter in meinen Garten, wenn es mich überkommt.

Wie ein ältliches Ehepaar
Bei Wind und Wetter kamen für fast vier Wochen auch die Putzer. Ursprünglich sollten sie nur die Schlagwetterseite des Anbaus verputzen, um die Gasbetonsteine winterfest zu machen.
Frauchen rief die Stuckateurfirma an und bat um Durchführung der Arbeiten, weil ja gerade das Gerüst für die Dachdecker aufgebaut worden sei.
Der Chef schickte zwei frühere Arbeitnehmer von sich, die inzwischen im Rentnerstand waren. Plötzlich waren sie in meinem Garten. Wegen der Baumaßnahmen ist Herrchens Garagentor oft auf.
Sie kamen nach hinten.
Ich bellte!
Sie wichen zurück.
Frauchen vermied, dass ich durch die Wintergartentür mit ihr nach draußen schlüpfen konnte. Sie stellten sich vor und sie unterhielt sich kurz mit ihnen. Dann kam sie wieder herein, wobei sie aufpasste, dass ich nicht in meinen Garten entwischen konnte
Ich knurrte nur düster.
Sie reichte den Putzern Papier und einen Kugelschreiber nach draußen und die began-

nen zu messen, aufzuschreiben und zu rechnen.

Frauchen bestellte die so ermittelten Materialmengen. Es war ein großer Lastkraftwagen voll Isoliermaterial, Klebemörtel, Edelputz, Leisten, Schienen, Dübel, Kunststoffnetzgewebe ...

Eine Garage war fast voll davon.

Zwei Tage später begannen sie. Der größere von beiden, den sein Kollege Herbert nannte, kam schon meist kurz nach sieben Uhr. Rolf traf etwa zehn Minuten später ein. Herrchen hatte während der Zeit echt Stress, weil er rechtzeitig das Garagentor öffnen musste. An einem Morgen, als Schneeregen fiel, dachten meine beiden, sie könnten etwas länger schlafen, weil bei dem Wetter niemand käme und drehten sich noch einmal im Bett um. So bekamen sie nicht mit, dass trotz des schlechten Wetters gearbeitet werden sollte. Rolf und Herbert hatten gewartet, dann an der falschen Tür geschellt und waren nach einiger Zeit erst einmal beim Bäcker an der Ecke Kaffee trinken gegangen. Ich hatte von alledem nichts gehört, weil mein Körbchen an der anderen Hausseite steht. Gegen acht Uhr weckte unsere Kathrin meine beiden Langschläfer. Sie war zufällig vorbeigekommen und wollte sich die Fortschritte an ihrem Bau anschauen. Frauchen sagte, sie hätten heute einmal verdienterweise lange geschlafen, weil die Putzer ja nicht kommen würden, als Kathrin fragte: „Und warum stehen dann ihre Autos vor der Tür?"

Jetzt gab es wieder Stress!
Kathrin musste sich sputen und erreichte die Arbeiter, als die gerade in ihre Autos steigen und abfahren wollten.
An diesem Morgen hatten die beiden Kollegen noch mehr Gesprächsstoff.
„Dass jemand so fest schlafen kann, ist ja kaum zu glauben! Haben wir uns ja gleich gedacht, dass da was nicht stimmt!" sagte Rolf und Herbert fragte: „Woher sollten wir denn wissen, dass der Eingang zur anderen Hausseite liegt!"
Sonst lauteten ihre Dialoge immer so oder so ähnlich: „Hab ich dir doch gleich gesagt, dass das nicht stimmt!"
„Wie kommst du denn darauf, dass das nicht stimmen soll?"
„Das sieht man doch mit bloßem Auge!"
„Nä, warte mal, ich mess noch mal nach."
Oder: „Was, Rechteck? Wieso sagst du Recht-

eck? Du meinst wohl Quadrat?"
„*Ich* hab doch nicht Rechteck gesagt! Ich hab Quadrat gesagt! *Du* sagst doch Rechteck. Wenn das ein Rechteck sein soll! Da kann man ja nur den Kopf schütteln!"
„Ach komm, Rolf, lass es gut sein. Wir machen lieber weiter!" Jeden Morgen kamen sie überpünktlich. Jeden Tag kebbelten sie sich ausdauernd. Manchmal schimpften sie so laut aufeinander, dass ich bellen musste!

In einem Punkt aber waren beide einer Meinung: Außer ihnen arbeiten hier nur „alles Kaputte."

Natürlich kriegten sie sich gleich mit dem Macho-Dachdecker in die Haare, weil der seinem Kollegen ein Dachrinnenstück zugeworfen hatte, das sein Ziel verfehlte und haarscharf am linken Ohr des Putzers Herbert vorbeisauste. Außerdem waren die fehlenden oder lückenhaften Dachrinnen und Fallrohrprovisorien ein Dauerärgernis für die Putzer (und die Bauherren!).
Dass der Dachdecker als „Kaputter" bezeichnet wurde, war gerechtfertigt, vielleicht auch noch der Spengler, aber nicht unser Werner, der mich immer still und liebevoll streichelt

und - der alles kann!
Als Werner im Altbau eine Bimssteinwand entfernte, vorsichtig, um Frauchen nicht allzu viel Staub zu bereiten, sahen und hörten die Putzer ihn arbeiten.
„Herbert, guck mal - mit Handschuh!" „Wo?" „Das soll ein Maurer sein? - Mit Handschuh! - Hör mal, wie sich das anhört! Stemmt der mit nem Beil? Hört sich genau so an, als hätte der nen Beil! Was hat der denn fürn Hammer, kannst du das sehen?" „Nö, ist aber bestimmt ein Beil - hört sich jedenfalls so an!" „Alles Kaputte! Du findest doch heute keinen vernünftigen Handwerker mehr!"„Und der soll alles können, sagt die Frau?"

Ich war vielleicht sauer, als ich hörte, dass mein Werner auch ein „Kaputter" sein sollte. Am liebsten hätte ich die Putzer gebissen, kam jedoch nie an sie ran. Meistens standen sie auf dem Gerüst und klebten und dübelten und wenn sie unten waren, durfte ich nicht raus.
Gestreichelt haben die mich nie!
Frauchen sagte einmal zu Herrchen, dass die beiden nur noch Schwarzarbeit machen würden, damit sie etwas zu meckern hätten.
Den Eindruck hatte ich auch.
Die Stuckateure setzten hier einiges in Beweg-

ung.
Zuerst machten sie die Schlagwetterseite. Dann verputzten sie ein kleineres Wandstück zur Ostseite, das keine Fenster hatte.
Sie sagten, dass sie weitermachen könnten, wenn die Fenster und Fensterbänke endlich eingebaut werden würden. Die waren aber erst vor allerkürzester Zeit ausgemessen worden. An Lieferung war noch lange nicht zu denken.
Der sehr freundliche Meister der Fensterfirma hatte ein Einsehen in Frauchens Terminenge und deutete an, dass man ausnahmsweise einen Auftrag auch vorgezogen bearbeiten könne. Das taten sie auch und zur Freude aller wurden die Fenster gerade rechtzeitig eingebaut, sodass die Putzer ihr Werk komplett vollenden konnten.
Es sieht sehr schön aus!
Überhaupt ist der Anbau gelungen!
Viele bleiben stehen und schauen auf die ansprechende Fassade. Manche äußern ihre Meinung dazu und sagen: „Das sieht aber gut aus!"
Neulich sagte eine sehr betagte aber dennoch gewandte und fitte Nachbarin von schräg gegenüber: „Das ist das schönste Haus auf der ganzen Straße!" und gratulierte Frauchen zu

unserem Architekten!
Leider kann ich jetzt nicht mehr durch die seitlichen Schlitze des gewaltigen Gartentores auf die Straße schauen und auch Mucki kann leider nicht mehr schnüffeln.
Aber der Anbau gefällt mir trotzdem.
Dass Kathrin wieder zu uns zieht, freut mich ebenfalls, obwohl sie die Katze hat.
Danach kam Werner wieder regelmäßig, um mit einem anderen die Einfahrt neu zu verlegen.
Das machte keinen Krach!

Die Vorzüge eines Allround-Handwerkers
Sie verlegten die alten Steine wieder, die über vier Monate lang zu hohen Wällen in meinem Garten aufgestapelt waren. Da die alte Einfahrt zu hoch war, erfolgte Erdaushub. Zwei Mann füllten in drei Tagen zwei Container mit jeweils knapp unter zehn Tonnen Zuladung!
Mein Werner war einer der zwei Männer!
Frauchen erschrak, als sie die Wiegekarten sah und erkannte, was sie den beiden zugemutet hatte.
Sie haben nicht gestöhnt.
Danach verteilten sie fast zwei Tonnen Rheinsand und Werner zog alles glatt, nachdem er

zuvor ein Band gespannt hatte.
Vor einigen Jahren hatte unser Allround-Handwerker bereits unsere andere Einfahrt ansprechend gestaltet.
Der Bau unseres Wintergartens war sein Meisterstück! Hier fertigte er unter Frauchens Regie einen gemütlichen Raum aus Holz, Glas, lichtdurchflutetem Plastikdach, das fast dicht ist, und blaugrauem Fliesenfußboden. Die Fliesen waren äußerst schwer zu verarbeiten, sind jedoch sehr unempfindlich. Sie haben sich als zweckmäßig erwiesen bei dem vielen Schmutz, den ich regelmäßig mit ins Haus trage, wenn ich entlang der Gartenzäune Patrouille laufe und mich über Katzen, sehr laute Techno-Musik oder betrunkene Gröler am Marktplatz aufrege. Dann sind meine Pfötchen oft voll Gartenerde und manchmal auch das Fell unter meinem Bauch.
Ich bin nun mal sehr lebhaft und wachsam!
Meistens freut Frauchen meine Aufgewecktheit, jedoch hält sich ihre Begeisterung in Grenzen, wenn ich matschverschmutzt in den Wintergarten stürme.
Unser alter Wintergarten verdiente die Bezeichnung eigentlich nicht, gemessen an

dem neuen Gemeinschaftswerk von Werner, Frauchen und Herrchen.

Die Treppe zur Küche, unter der im alten die Mäuse wohnten, wurde ganz gut abgedichtet und gefliest. Da kann niemand mehr rein und raus.

Leider ist wieder ein Stück Attraktivität damit verloren gegangen, denn ich fand es im äußersten Maße anregend, auf die Bewohner des Küchenstufeninneren zu warten, die in der Abenddämmerung versuchten, die Reste meines Fressens von den Rändern des Futternäpfchens zu knabbern.

Leider habe ich im Wintergarten nie eine Maus fangen können. Dazu gab es zu viele Winkel und Durchlässe, aber die Versuche waren immer äußerst spannend.

Im Garten fing ich viele!

Unter dem Hühnerstall hauste einmal eine Mäusegroßfamilie. Bei sonnigem Wetter verließen die grauen Flitzer die kühlen Gruften und dann tummelten sich bis zu sechzehn Mäusejunge im Hühnergehege. Ich lauerte vor dem Zwinger in der Hoffnung, ein keckes Mäuschen möge sich durch den Maschendrahtzaun verirren, was manchmal geschah. Dann sorgte ich mit größter List und Gewandt-

heit dafür, dass ich erfolgreich war.
Der Abriss des alten Wintergartens vertrieb mit Sicherheit die letzten Mäuse von der gesamten Terrasse und ließ mich missmutig in der Diele abwarten.
Der Krach war unerträglich!
Eisenstützen wurden kreischend zertrennt. Drahtglasstücke knallen auf den Boden! Werner war in seinem Element! Frauchen freute sich über jeden Arbeitsgang.
Nur Herrchen fühlte ähnlich wie ich.
Ihm sind Vandalismus und Zerstörung ebenso zuwider wie mir. Ich durfte eine Zeitlang nicht raus, bis man sicher sein konnte, dass wirklich keine Splitter mehr umher lagen.
Ich verletzte mich nicht!
Aber Frauchen hätte sich beinahe das Genick gebrochen!
Es passierte das Unglück, das ich anfangs kurz beschrieben habe. Als sie zwei leere Wasserflaschen in den Kelleranbau bringen wollte, knickte sie mit dem rechten Fußgelenk um, schlug mit der Stirn vor die untere Anbauwand und mit der Nase auf die Waschbetonplatten. Ihr Kopf knallte nach hinten und die Wasserflaschen an die Wand. Eine zersprang!

In Bruchteilen einer Sekunde hatte Frauchen Prellungen und viele Schnitt- sowie Platzwunden.
Nach dem Knall schauten sich Herrchen und Werner um.
Sie waren erstaunt! Ich auch!
Frauchen lag zwischen der Anbauwand und dem Beet unter der Eibe zusammengekauert regungslos auf dem Plattenweg.
Wir liefen hin!
Ich schnupperte Blut und wurde wegen der Glassplitter zurückgehalten.
Sie bewegte sich nicht und sprach kein Wort bis Werner zu Herrchen sagte: „Komm, wir heben sie auf!"
Da zischte sie: „Fasst mich bloß nicht an!"
Die beiden Männer sammelten die Wasserflaschenscherben auf, während Frauchen sich langsam aufrappelte.
Blut tropfte aus ihrer Nase und aus der Platzwunde darauf. Blut tropfte aus der Schnittwunde am kleinen Finger und aus den Pulsadern.
Sie war blass und tat mir leid.
Ihre nächste Anweisung richtete sich an das völlig fassungslose Herrchen, ihr einen Stuhl und Tücher zu bringen. Sie wirkte benommen,

während sie sich langsam setzte. Ihr T-Shirt war voll Blut und die Waschbetonplatten ebenso. Sie drückte die Tücher auf ihre blutenden Wunden, die ich gern geleckt hätte aber nicht durfte.
Herrchen half ihr beim Umziehen und Waschen und beide fuhren zum Krankenhaus. Ich blieb bei Werner und befasste mich mit den Blutlachen auf den Waschbetonplatten.
Meine Lieben kamen lange nicht wieder.
Bei ihrer Rückkehr war Frauchen immer noch blass, aber an vielen Stellen umwickelt. Sie erzählte Werner, dass sie an allen möglichen Körperteilen geröntgt worden sei. Fast genau so schmerzhaft, wie das Umknicken, war eine gehaltene Aufnahme ihres Knöchels. Ihr kamen bei der Berichterstattung Tränen in die Augen und sie legte sich auf das Sofa.
So ruhten die Baumaßnahmen eine Woche, weil Frauchen sich schonte. Sie lief an Krücken, wenn sie sich bewegte. Die meiste Zeit lag sie im Wohnzimmer und las.
Während der Baumaßnahmen rund um den neuen Wintergarten gelang es ihr zum ersten Mal in fast dreizehn Jahren, in denen Werner uns hilft, ihn zu verärgern.
Er wurde richtig pampig.

Das hatte ich noch nie erlebt!
Sonst hatte er immer zu ihr gesagt: „Ja, wenn du meinst!" Aber jetzt sagte er: „Hier! Mach alleine!" und gab ihr die Knarre in die Hand, die sofort runterfiel.
Ich sprang zur Seite!
Aber dann haben die beiden sich doch wieder vertragen und der Wintergarten wurde so schön, dass Herrchen einmal sagte: „Das ist das Beste, was wir überhaupt gemacht haben!"
Zuvor war er naturgemäß dagegen.
Bei der Anbaumaßnahme für unsere Kathrin ist lange Zeit kein Unfall geschehen.
Frauchen und Werner isolierten zeitaufwändig und gewissenhaft die Dachschräge und verklebten alles mit Dampfsperrenfolie.
Niemand stürzte von der Leiter oder stolperte!
Ich blieb unten, weil die Steinwollefaserstäubchen mich zum Niesen und Husten reizten.
Dann kam er doch noch, der GAU (größtmöglich anzunehmender Unfall) und ich war Zeuge! Frauchen räumte unter dem Abdach auf, unter dem normalerweise unser Faltwohnwagen steht. Den hatten sie wegen der Baumaßnahme an das Grundstücksende neben den Kompost bei den Hühnern

geschoben. Baumaterialien und Bauabfälle konnten so geschützt gelagert werden. Kartons von Fliesen, Folien von Paletten des Baustoffgroßhändlers, Berge von Abbruchmaterial, das Werner geräuschvoll abgestemmt und, eine große Staubwolke verursachend, unter das Überdach schüttete. Und vieles mehr noch lagerte unter dem Carport.
Es sah chaotisch aus! Ich fühlte mich dort nicht wohl und mied diesen Platz!
Frauchen nicht!
Sie räumte von Zeit zu Zeit darunter auf, um Platz für neuen Dreck zu machen!
Es war im Februar - kalt und bereits dunkel, als sie beim Lichtschein aus der Garage eine große Aufräumaktion startete. Hinderlich dabei war eine Baustütze, die die Putzer zur Vollendung des Außenputzes benötigten. Damit stabilisierten sie das Abdach, um ungefährdet arbeiten zu können.
Frauchen schraubte die Baustütze ab, weil sie nicht mehr benötigt wurde und hinderlich war!
Leider erfolgte der Abbau unsachgemäß und schmerzhaft!
Sie sagte kein Wort, nachdem sie den Sicherheitsstöpsel mühevoll herausgeschlagen hatte und der obere Teil der Stütze blitzschnell und

unaufhaltsam heruntersauste, auf Daumen und Zeigefinger ihrer rechten Hand!
Einen Moment lang wirkte sie wie versteinert.
Ich sah, wie sich ihr Gesicht schmerzhaft verzog.
Sie tat mir leid!
Als sie realisierte, dass sie diesen Schmerz überleben würde, tauchte sie ihre rechte Hand in das eiskalte Wasser eines Speiskübels und stöhnte.
Werner sagte, so etwas passiere jedem auf dem Bau – aber nur ein Mal!
Anschließend trug sie eine Schiene, die den rechten Zeigefinger unterstützte, weil der Knochen beschädigt war. Anschließend machte sie die meisten Arbeiten mit der linken Hand.

Es ist bereits April!

Vor dem Arztbesuch schloss sie mit Werner die Dachisolierungsarbeiten ab, zog überall eine Holzdecke ein, assistierte ihm bei verschiedenen weiteren Arbeiten, versuchte Zeigefinger und Daumen zu schonen und schützte sie mit Chinaöl und einer elastischen Binde.

Als Herrchen einen runden Geburtstag hatte, brachte sie das Haus auf Hochglanz, ordnete

Terrasse und Garten, empfing viele Gäste, auch ihre Schwägerin Sylvia kam, und sie merkte allmählich, dass ihr Zeigefinger so nicht heilen würde. Der im Februar ebenfalls gequetschte Daumen machte weniger Beschwerden.

Natürlich konnte Frauchen keine Schiene gebrauchen, da sie mit unserer Tochter Kathrin und deren Markus tapezieren wollte, aber ihre Ärztin verpasste ihr dennoch eine, die sie nur zum Duschen und Haarewaschen abnehmen durfte.
Sie konnte viel mit der linken Hand!
Sie streichelte mich damit ausdauernd und ich liebte es!
Ihr rechter Zeigefinger stand fortwährend steil aufrecht und wirkte riesiglang.
Als sie von ihrer Ärztin kam und ich das Ungetüm zum ersten Mal sah, fletschte ich die Zähne und glaubte, sie würde mir drohen.
Vierzehn Tage müsse sie die weiß umwickelte Schiene tragen, damit alles eine Chance hätte zu heilen, meinte ihre Ärztin. Frauchen entwickelte eine Methode, trotz hinderlicher Schiene, drüben die Tapeten an die Wand zu bringen.
Es glückte mit Kathrins und Markus Hilfe

termingerecht.
Herrchen ist ja immer bis abends in seiner Firma.

Gundulas Tod
Während der ganzen Umbauerei entging es Frauchen, dass Gundula, unser zwölfjähriges, weises, hellbraunes Huhn, das zwei Angriffe von Steinmardern oder verwilderten Hauskatzen überlebte, kraftlos wurde.
Manchmal kam Gundula nicht mehr auf die einzige Stange im Stall, die nach Veränderungen dort belassen wurde. Die obere haben wir entfernt, weil unsere Hühner wahre Schlachten um die begünstigten, höheren Plätze ausführten.
Gundula blieb während ihrer schlechten Momente im Stroh sitzen und erwartete den nächsten Morgen.
Manchmal wiederum schaffte sie den Aufstieg in die gehobenen Ränge und saß kacksfidel oben.
Wenn sie genügend Power hatte, dominierte sie das andere, viel jüngere Huhn und den Hahn Gustav. Wenn ihre Kraft nachließ, blieb sie im Stroh hocken.
So war es auch an dem Morgen, als Frauchen

sie fand.
Sie saß im Stroh und war steif.
Frauchen stubste sie mit einem Stöckchen, aber Gundula rührte sich nicht.
Sie lag einfach da.
Wir konnten es zunächst nicht glauben, aber ihr Ableben war Realität!
Unser altes, weises Huhn, dass zugegebenermaßen in der letzten Zeit etwas launisch war, unser weises Huhn war verstorben - im dreizehnten Lebensjahr!
Still und unmerklich, wie es gelebt hatte, ist es vom hinnen geschieden. Es lag einfach im Stroh und bewegte sich nicht mehr.
Frauchen nahm es aus dem Stall, legte Gundula auf die Brunnenabdeckung und machte von unserer klugen Henne ein Foto.
Während Frauchen intensiv durch den Sucher schaute, blies der Wind Federn in die Höhe und selbst ich hatte den Eindruck, als würde das Huhn noch leben.
Frauchen sagte „huch" und das erste Foto war verwackelt.
Die folgenden wurden etwas. Sie begruben Gundula am Ende meines Gartens vor dem neuen Holzhaus, das Werner vor einiger Zeit zimmerte. Die Stelle bekam eine Abdeckplatte

aus weißem Marmor, damit ich und die Steinmarder oder verwilderten Katzen sie nicht wieder ausbuddeln konnten.
Sie hatte ein fast so langes Leben wie ich hier.
Sie durfte viel erleben.
Das Huhn lebte ungeniert und hatte in seinem langen Leben Kontakt mit vielen Hähnen und anderen Hühnern. Die jungen Hennen prägte es maßgeblich. Seine pädagogische Arbeit ist nicht zu unterschätzen und es war Mutter vieler Küken!
Ich durfte leider nie mit Rüden zusammenkommen, weil meine Familie zu sehr aufpasste!
Mit zunehmendem Alter konnte Gundula den Liebkosungen der Hähne immer weniger abgewinnen und verscheuchte sie Kraft ihrer gewachsenen Autorität. Sie war das eigentliche Oberhaupt aller Küken, Hennen und Hähne!
Nach ihrem Tod besorgte Frauchen zwei neue Hühner für Gustav. Die Junghennen legten fleißig fast täglich ein Ei. Wenn einmal eines zerbrochen ist, bekomme ich es.
Ich liebe Eier in jeglicher Art: roh, gekocht oder gebraten.
Eier sind immer ein Hochgenuss!
Auch das alte Huhn legte noch bis einige

Monate vor seinem Tode in regelmäßigen Abständen welche, die gut zu erkennen waren, weil sie etwas windschief und mit Rillen und Riefen behaftet waren. Manchmal hatten sie Schäden an der Schale und waren dadurch bruchempfindlich, worüber ich mich im Besonderen freute.
Dann gab es keine Eier mehr von ihr, weil, wie wir jetzt wissen, Gundulas Eieruhr abgelaufen war. Danach setzte ihre Kraftlosigkeit ein.
Ich hatte vermutet, dass zumindest Gustav durch das Fehlen des alten Huhnes irritiert sein würde, jedoch war ihm nichts anzumerken.
Nachdem er die beiden Neuen bekommen hatte, schien er ausgesprochen glücklich.
Ich gehe manchmal zu ihrem Grab unter dem Lebensbaum und schnüffle an der kalten, abweisenden Platte.
Es duftet köstlich aus der Tiefe!
Während der letzten Bauphase, die Frauchen als Bauleiter und Handlanger ziemlich beanspruchte, gab sie vorübergehend ihr Mitwirken in ihrem Chor auf. Sie wusste, dass es ihr nicht gelingen würde, hier bis zum letzten Drücker zu schaffen, sich von Kopf bis Fuß zu restaurieren, mit quietschenden Reifen quer durch unseren Ort zu fahren,

dreiundzwanzig Ampeln - Fußgängerampeln mitgerechnet - zu passieren und dann noch höchste Konzentration für schwere Chorliteratur aufzubringen. Sie würde immerfort gähnen, vielleicht sogar fürchten müssen einzuschlafen.

Frauchens seltsame Begegnungen mit jungen, gutaussehenden Männern
Wilde Fahrten durch die Innenstadt gab es von Zeit zu Zeit auch an ganz normalen Montagen, weil sie nicht rechtzeitig von zu Hause los kam, weil unsere Kathrin noch einmal anrief oder sonst etwas anderes die Sangeswillige von einer pünktlichen Abfahrt abhielt. Dann musste der ältliche VW sein Bestes leisten und Frauchen überzog die zulässige Höchstgeschwindigkeit, weil der Verkehr kurz vor zwanzig Uhr eher ruhig ist. Kleine Kinder und Hunde sind zu der Zeit auch selten allein auf den Straßen.
Sie zischt dann ganz zügig!
Dies war auch an einem Allerheiligenmorgen so. Sie war die Strecke an den Wassertürmen entlang durch die Felder gefahren. Hier gilt die innerstädtische Geschwindigkeitsbegrenzung von fünfzig Kilometern in

der Stunde.
Kaum jemand begegnete ihr.
Sie kam zügig voran.
Die Ampel an der Werler Straße zeigte rot. Frauchen hielt brav an und legte, als sie durfte, einen Blitzstart hin. Sie würde es noch pünktlich zur Sonderchorprobe schaffen, dachte sie gerade, als sie in einiger Entfernung einen Mannschaftswagen der Polizei wahrnahm.
Frauchen bremste abrupt. Es war niemand hinter ihr noch war überhaupt ein anderes Auto zu sehen, bis auf den Bulli auf dem Parkplatz eines Restaurants.
Da hatte sie noch mal Glück gehabt, dass sie die Polizisten rechtzeitig erkannt und sofort reagiert hatte! Mit erlaubter Geschwindigkeit trullerte sie weiter und war erstaunt, dass sie dennoch angehalten wurde.
Mit größter Überzeugung sagte sie zu dem jungen, gutaussehenden Polizisten, der ihre Papiere sehen wollte: „Lassen sie mich bitte weiterfahren! Ich habe es sehr eilig!" „Das haben wir gemerkt!" „Wieso, ich habe doch sofort abgebremst, als ich ihr Fahrzeug sah!" „Das war leider zu spät! Sie sind zweiundsiebzig Stundenkilometer gefahren,

wo fünfzig erlaubt sind," antwortete der Beamte.

Frauchen gab alle Verkehrsvergehen unumwunden zu.

An Weiterfahren war im Augenblick nicht zu denken, denn ihr Gesprächspartner sagte: „Stellen sie erst einmal den Motor aus!"

Sie gehorchte, obwohl die Zeit drängte.

Er wiederholte seine Frage nach den Fahrzeugpapieren.

Frauchen nimmt nie welche mit. Das sagte sie ihm auch ziemlich selbstsicher.

Er wirkte fast kleinlaut, als er fragte, ob sie denn wenigstens wisse, wem das Auto gehöre.

„Selbstverständlich weiß ich das - mir!"

Auf Frauchens Frage, ob er nichts Besseres zu tun hätte, als so früh am Sonntagmorgen hier zu stehen, antwortete er, es sei ein Feiertagmorgen und hatte völlig Recht!

Er wurde aktiv, ging hurtig in den Mannschaftswagen und befragte seinen Computer.

Ein etwas älterer Kollege hatte sich inzwischen Frauchens Nummernschilder genauer angesehen und stellte überrascht fest: „ASU 2/2008?" „Mit der Abgasuntersuchung auch zwei Monate überzogen?" mischte sich der dritte Polizeibeamte ungläubig ins

Geschehen. „Ach - 2, also Februar 2008,"
entgegnete der Ältere. „Das gibt's doch nicht,"
war der andere erstaunt.
Frauchen war sauer.
Sauer, dass sie überhaupt zur Sonderchorprobe
gefahren war, obwohl sie zu Hause hin und her
überlegt hatte, ob sie wegen ihres starken
Schnupfens nicht lieber telefonisch absagen
sollte. Sie hatte sich dann aber doch dazu
entschlossen, sich persönlich zu entschuldigen.
Dies wäre glaubhafter und ihr Chorleiter
würde angesichts ihrer roten, triefenden Nase
Verständnis für ihr Fehlen aufbringen, so
hoffte sie. Sie überlegte und wägte zu lange ab
und machte sich so unlustig langsamer fertig
an diesem frühen, kalten Novembermorgen.
Deshalb musste sie natürlich noch schneller
fahren.
Nörgelnd stellte sich Frauchen laut die Frage,
was sie überhaupt hier mache? Singen könne
sie eh nicht, weil sie krank sei! Sie gehöre
eigentlich ins Bett, statt in der Kälte zu
verweilen, worauf ein Polizist entgegnete, er
habe ebenfalls eine Erkältung und sei dennoch
hier!
Irgendwie schien alle die um neun Monate
überzogene Abgasuntersuchung mehr zu

erstaunen als die Geschwindigkeitsübertretung und das Fehlen von Fahrzeugpapieren.
Die Übertretung konnte man scheinbar nicht fassen!
Als sie noch missmutig hinzufügte, dass der linke Winker auch nicht gehe, entgegnete der Ältere: „Das gibt sowieso eine Anzeige!" „Ach, machen sie nicht so was! Das mit dem Winker habe ich ihnen ja selbst erzählt! Wo haben sie mich eigentlich erwischt? Wo steht ihre Kamera?" „Hier!" wies er auf ein hohes Stativ. In roten Ziffern stand da **72**. „Wir können damit bis zu fünfhundert Metern in beide Richtungen messen." „Ach so, jetzt verstehe ich!" wurde Frauchen einiges klar. „Und an welcher Stelle war ich so schnell?" „In Höhe der Kirche!"
Erstaunt und voll Bewunderung sagte sie: „Da kann ich ja fast stolz sein, dass der betagte Wagen so einen Spurt hingelegt hat! Kannste mal sehen! Von der Ampel bis zur Kirche auf 72! Alle Achtung!"
Sie ging zum Bulli rüber, wo der erste und ein weiterer Beamter ihre Daten abriefen. Sie fragte, ob das wahr sei, was der Kollege von einer Anzeige gesagt habe. „Nein, nein, so schlimm wird es nicht werden!"

Frauchen wusste, dass sie zwanzig Euro bei sich hatte, die sie jedoch für den Erwerb von Herrchens Konzerteintrittskarte benötigte. Und genau das sprach sie aus.

„Mit zwanzig Euro kommen sie ganz bestimmt nicht aus! Das wird teurer! Sind sie mit siebzig Euro einverstanden?"

„Siebzig Euro!" war sie erschrocken und fragte: „Können sie das nicht billiger machen?" Der Beamte schaute Frauchen ungläubig an und sagte: „Da sind sie noch gut dabei weggekommen!" In dem Punkt war sie sich nicht so sicher und steckte den Überweisungsträger und eine Mängelkarte misslaunig ein.

Trotz der Unterbrechung war sie fast zur rechten Zeit bei der Chorprobe. Man hatte noch nicht begonnen. So konnte sie dem Chorleiter mitteilen, dass sie nur versuchsweise mitsingen, ansonsten heute lieber nur zuhören wolle, wegen ihres Schnupfens.

Und natürlich musste sie ihm und einigen Umstehenden auch gleich die zuvor erlebte Geschichte erzählen.

Sie meinte abschließend, dass es weh tut zu erkennen, nun in einem Alter zu sein, in dem

man für ein Rendezvous mit jungen Männer reichlich tief in die Tasche greifen müsse und musste schon fast wieder lachen. Als sie das merkwürdige Gespräch Revue passieren ließ, wunderte sie sich, dass sie nicht nach Alkoholgenuss befragt wurde.
Und singen konnte sie auch ganz gut und zwar die ganze Zeit hindurch.
Während sie sich über das Strafmandat ärgerte, erinnerte sie sich, dass ihre Freundin wegen Überziehens der Abgasuntersuchungsfrist um zwei Monate allein schon eine empfindlich höhere Strafe entrichten musste, als sie für alle Vergehen und Mängel zusammen. Keine Papiere und zweiundzwanzig km zu schnell plus neun Monate ASU-Überziehung mögen möglicherweise siebzig Euro Bußgeld rechtfertigen, rechnete Frauchen in ihren sangesfreien Minuten aus.
Als sie ihrer Freundin die überaus ärgerliche Geschichte erzählte und besonders die hohe Strafe betonte, erwiderte ihre Gesprächspartnerin: „Da sei mal ganz still! Ich habe nicht zwanzig sondern einhundertzwanzig Mark für das Überziehen bezahlt! Für zwei Monate! Darum habe ich dich doch nachdrücklich darauf hingewiesen, dass so ein

Vergehen teuer zu stehen kommt. Du bist in der Beziehung ja sehr nachlässig!" „Was hattest du denn noch gemacht?" „Gar nichts. Eine Motorradstreife hat mich gestoppt. Wie der die Überziehung erkennen konnte, ist mir heute noch schleierhaft. Er verpasste mir die Anzeige. Ich war vielleicht sauer! Auch wegen der Punkte in Flensburg! Das würde mich schon interessieren, ob bei dir noch eine Anzeige nachkommt! Ich gönne dir, wenn du keine erhalten würdest, aber es wäre im Vergleich zu mir ungerecht!"
Frauchen bemühte sich um Beseitigung der Mängel und rechtzeitige Zusendung der Mängelkarte und bekam keine Anzeige!
Ihre Freundin wollte das kaum glauben! Dass Frauchen immer ohne Papiere fährt und nie einen Personalausweis bei sich hat, kann ihre Freundin schon gar nicht fassen. „Dazu bist du verpflichtet!", „Weiß ich", entgegnet Frauchen. „Aber ich nehme dennoch keine Papiere mit. So kann ich nichts verlieren und gestohlen werden können sie mir auch nicht. In all den Jahren als Autofahrerin bin ich vier Mal kontrolliert worden und habe insgesamt sechzig Mark und siebzig Euro an Strafgeldern bezahlt. Insbesondere wegen zu schnellem

Fahrens. Die fehlenden Papiere schienen jedes Mal von untergeordneter Bedeutung zu sein!"

Ihr vorletztes Strafmandat liegt bereits fast dreißig Jahre zurück. Unsere Kathrin ging damals noch in den Kindergarten und ich lebte überhaupt noch nicht! Der Grund war wieder der gleiche: zu viel Tempo und keine Papiere!

Als Frauchen damals gestoppt wurde, bat sie den Polizisten spontan, sie weiterfahren zu lassen, da sie es enorm eilig habe, ihre Tochter vom Kindergarten abzuholen. Weiterfahren ließ er sie nicht, beeilte sich jedoch mit dem Ausfüllen des Strafmandats. Dabei nutzte er offensichtlich den ihm verbleibenden Ermessensspielraum und setzte den Betrag so an, dass es keine Strafpunkte gab.

Frauchen bezahlte die vierzig DM sofort und direkt. Sie hatte ausnahmsweise Geld bei sich! Inzwischen ist sie ein weiteres Mal angehalten worden.

Nach der teuren Allerheiligenchorfahrt hatte Herrchen Führerschein und Kfz-Schein fotokopiert und beides wurde brav einige Zeit lang von Frauchen bei Autofahrten mitgeführt, bis sie die Sinnlosigkeit dieses Tuns einsah, weil in der Folgezeit keine Kontrollen erfolgten.

Sie fährt in letzter Zeit auch bummeliger und wird deshalb so manches Mal von Dränglern genötigt, Gas zu geben. Stur bleibt sie aber auf der vorgeschriebenen Geschwindigkeit plus drei bis zehn Kilometer und basta.
Als sie eines Montagabends wieder von ihrem Chor kam, wurde sie grundlos gestoppt.
Sie war in vorgeschriebener Geschwindigkeit gefahren, schon, weil es in Strömen goss und die Sicht durch aufwirbelnde Nässe gemindert wurde. Sie wunderte sich gerade, weshalb unter den Unterführungen am Bahnhof Autos parkten, als sie die rote Kelle gezeigt bekam.
Ein ungewöhnlicher Standort für Verkehrskontrollen!
Sie hielt zögerlich an und kurbelte das Seitenfenster ein Stück herunter.
„Guten Abend! Allgemeine Verkehrskontrolle! Darf ich mal ihre Fahrzeugpapiere sehen?"
„Die nehme ich nie mit!" antwortete Frauchen ruhig und bestimmt.
Der Polizeibeamte schien unbeeindruckt. Er ging zum nächsten Punkt über und bat sie, die Winker zu betätigen. Die waren nach dem einige Monate zurückliegenden Zusammentreffen mit seinen Kollegen repariert worden für einen Betrag von 27,35 Euro und Frauchen

war nicht mehr auf die in größeren zeitlichen Abständen vorzunehmende Beseitigung eines Wackelkontaktes angewiesen.
Ohne Beklemmungen konnte sie fortan mit dem vorgeschriebenen Blinkzeichen jederzeit links abbiegen.
Bei dieser Kontrolle stellte sich heraus, dass die Reparaturkosten gut angelegt waren!
Licht und Bremslicht waren in Ordnung und bis zur nächsten Abgasuntersuchung konnten noch Monate vergehen.
Alles war bestens!
Die fehlenden Papiere störten niemanden!
Man stellte auch nicht den Halter des Fahrzeugs fest. Bis auf das feuchtkalte Wetter unter der Bahnunterführung war das Zusammentreffen ganz gemütlich!
Nachdem die Technik gut geklappt hatte, kam der Polizist, der zunächst die Papiere sehen wollte, zum Fenster zurück.
Frauchen überlegte gerade, ob und wie viel Geld sie bei sich hatte, als er fragte: „Und getrunken haben sie auch nichts?" „Nein, aber hätte ich bald. Nach der heutigen Chorprobe gab es Sekt, jedoch ich wollte schnellstmöglich nach Hause. Da habe ich aber Glück gehabt!"

„Dann wünsche ich ihnen noch einen schönen Abend und gute Fahrt!"

Sie war erstaunt und immer noch ungläubig, als sie sagte: „Das finde ich aber nett von ihnen! Herzlichen Dank! Ihnen auch einen schönen Abend!" Sie kurbelte das Seitenfenster hoch, startete den betagten VW und konnte kaum fassen, was ihr da widerfahren war.

Dass es so etwas gibt?!

Freudig erzählte sie Herrchen und mir diese Geschichte.

Plötzlich war ihre gute Stimmung vorbei und sie schimpfte: „Statt sich mit mir zu freuen, dass jemand so nett zu mir ist, stellst du mir Fragen, deren Antworten du seit Jahrzehnten kennst. - Nein, auch die Kopien hatte ich nicht mit! Du siehst doch, dass es ohne geht. Hätte ich Papiere dabei gehabt, hätte ich diese große, menschliche Geste eines bei schlechtem Wetter diensthabenden Polizisten nicht erlebt. Schon allein diese Begegnung rechtfertigt alles!"

Herrchen sagte schon gar nichts mehr und ich schmuste mich an Frauchens Beine und hoffte, sie würde aufhören zu schimpfen, aber sie schien ungewöhnlich erregt zu sein.

Ich hatte nichts zu ihrem Ärger beigetragen, war ihr schwanzwedelnd entgegengelaufen, bemerkte ihre gute Stimmung, hatte mich streicheln lassen, wie jeden Montagabend, spürte ihre Freude, als sie mit der Geschichte der Polizeikontrolle heraussprudelte und reflektierte ihre Trauer und Wut, als Herrchen die harmlose Frage formulierte: „Hattest du wieder keine Papiere dabei?"
Als Frauchen unserer Kathrin die Geschichte erzählte, sagte die: „Papa hätte höchstens fragen dürfen: Du hattest doch nicht etwa Papiere bei dir? Er müsste dich wohl langsam kennen!"
Natürlich erzählte Frauchen auch ihrer Freundin die Geschichte und die sagte: „Du hast vielleicht immer ein Glück mit Polizisten! Nimmst nie Papiere mit und hast dann noch unbeschreiblichen Dusel. Ich bekomme eine Anzeige bei kleineren Vergehen und du schlingerst immer so durch! Ich gönne es dir, aber es ist nicht zu fassen. Wie machst du das bloß?" „Ich mache gar nichts. Es passiert einfach!" freute Frauchen sich.

Heiße Zeiten
Ich fahre ja nicht mehr so gerne mit, wie zu den Zeiten, als ich noch jung war. Da konnte ich es nicht vertragen, wenn sie mich allein zu Hause ließen und lag bei ihrer Rückkehr beleidigt und misslaunig in meinem Körbchen. Jetzt bin ich schon viel ruhiger geworden und bleibe ganz gern daheim. Da kann ich dösen, ihre Rückkehr abwarten und das Haus bewachen.
Sie haben ein schlechtes Gewissen, weil sie mich so lange allein ließen und sind dann besonders nett zu mir.
Ich genieße ihre Zuneigung.
Spazieren gehe ich ja noch genau so gern wie früher, nur nicht mehr so lange! Am liebsten durch die Felder.
Ausflüge in die Stadt regen mich mittlerweile auf. Ich leide unter dem Anblick der vielen Füße, anderer Hunde und den Auspuffgasen. Wenn meine Familie mit Päckchen und Tüten zurückkommt, weiß ich, dass mir dieser Ausflug nicht gefallen hätte.
Zu Hause habe ich meine gewohnte Wärme oder Kühle - je nach Jahreszeit.
Einige Zeit lang litt ich unter der sengenden Hitze des endenden Frühlings im letzten Jahr.

Es war unerträglich heiß und ich bekam mühselig Luft.
Ich hielt mich ausschließlich im Schatten auf oder erfrischte mich im Gartenteich. Um mich aufzuregen, war ich zu matt, ignorierte die Trunkenbolde hinter dem Gartenzaun, die wegen der Hitze besonders viel Durst zu verspüren schienen.
Ich trank auch viel oder lag hechelnd unter den Tannenbäumen.
Wenn mich etwas störte, fletschte ich die Zähne. Ich habe noch alle und sie sind in gutem Zustand!
Bei den zwei männlichen Pennern und der Frau, deren Vorstellung ich zwangsläufig mitbekam, schien es Probleme mit den Zähnen des einen Torkelnden zu geben, denn er fragte besorgt: „Wo sind denn meine Zähne?" Seine zwei Begleiter wurden aufmerksam und die Frau entgegnet: „Die hast du doch im Mund!" „Nein!" „Ach natürlich! Hast du doch immer! Zeig mal her!" Er öffnete den Mund und sie schaute nach! „Eh, wirklich nicht!" sagte die Frau lallend und suchte in den Taschen der Jeanshose des Zahnlosen nach dem Kauhilfsmittel. Ob es gefunden wurde, habe ich nicht mehr mitgekriegt, weil die drei

inzwischen an unserem Gartenzaun vorbeigeschwankt waren.

Herrchen löst Großalarm aus
Die nachfolgende Geschichte habe ich selbst nicht mitgekriegt, weil ich nicht mit nach Essen fuhr.
Es war unerträglich heiß an diesem einundzwanzigsten Juni und da Herzchens Auto keine Klimaanlage hatte, war ich ganz froh, dass ich auf den kühlen Fliesen im Flur liegen konnte.
Frauchen hatte eine Einladung zur Eröffnung einer Geschichtsausstellung bekommen, an der sogar der Bundespräsident anwesend sein sollte.
Sie überlegte, was sie anziehen würde und Herrchen noch viel mehr. Er würde chauffieren, weil sonst nicht sichergestellt war, dass sie ihren Zielpunkt erreichten.
Er weigerte sich, die Fahrt in langer Hose zurückzulegen und schlug vor, sich an Ort und Stelle umzuziehen, um dann frisch gekleidet die Veranstaltung zu besuchen. Frauchen bezweifelte im Stillen, dass es dort auf dem ehemaligen Zechengelände Möglichkeiten zum unbeobachteten Kleiderwechsel geben würde.

Der Weg nach Essen war heiß und schwierig.
Es gab Staus. Sie fragten zwei Mal nach der Zeche Zollverein.
Am Eingang zum Gelände passierten sie ein beachtliches Polizeiaufgebot.
Es gab einen Mannschaftswagen und Personenkraftwagen, dazu etliche junge Polizistinnen und Polizisten!
Frauchen und Herrchen schauten im Vorbeifahren äußerst interessiert.
Sie steuerten schnell einen Parkplatz möglichst nahe des Halleneingangs an.
Es war fünf Minuten vor dem Zeitpunkt, an dem die Sitzplätze eingenommen sein sollten.
Eile war angesagt für Herrchens Kleiderwechsel.
Die Gegend war sehr offen.
Es gab keine Sträucher in der Nähe.
Bis auf die Autos und einen Müllcontainer war der Aschenplatz völlig einzusehen. Unter Zeitdruck wechselte er beim Auto Hemd und Hose.
Als er bei den Schuhen war, kamen alle Polizistinnen und Polizisten zu Fuß bei ihnen lang sowie die Streifenwagen und der Mannschaftswagen.

Alle schauten mehr oder weniger verstohlen auf unser Auto, auf Herrchen, der gerade mit bloßen Füßen in die Flechtschuhe schlüpfte, weil er für die Socken keine Zeit mehr hatte, auf Frauchen, die einen unauffälligen Eindruck zu erwecken versuchte.
Die Beamten schienen freundlich amüsiert.
Zeugen bei Herrchens flinkem Striptease wollten meine beiden eigentlich nicht haben. Frauchen hatte zuvor die braun getönten Fensterfronten der hohen Zechengebäude und die Flachdächer beäugt und den Eindruck gewonnen, dass sie nicht beobachtet wurden und niemand Herrchen zuschaute.
Und nun dieser Volksauflauf!
In der Halle war es, gemessen an draußen, außerordentlich kühl. Fast alle Stühle waren besetzt und man wartete auf den hohen Gast, damit die Feierstunde beginnen konnte.
Er kam nicht!
Inzwischen lauschten die Gäste ansprechender Musik, registrierten ein großes Aufgebot von Sicherheitskräften in blauen Uniformen und warteten. Draußen zog ein Gewitter auf. Es gab eine Lautsprecherdurchsage, dass sich der Herr Bundespräsident verspäten würde. Er käme etwa in einer dreiviertel Stunde.

Frauchen dachte, dass sich Herrchens Striptease am Auto hätte vermeiden lassen, wenn man das gewusst hätte. Dann hätte er sich noch ganz komfortabel auf einer Toilette umziehen können.
Sie war eigentlich sicher, dass er bei seinem Kleiderwechsel nicht beobachtet wurde, dennoch war die Ansammlung von Polizeikräften zu diesem Zeitpunkt in ihrer Nähe ungewöhnlich.
Sie hörten die Musik, schauten den Sicherheitskräften zu, die sich unauffällig in den Seitengängen bewegten, als Frauchen sagte: „Ganz schön schwer bewacht, die Veranstaltung!" „Da werden sicher auch Scharfschützen auf den Dächern stehen!" sagte Herrchen.
Plötzlich schwante Frauchen, warum alle Polizisten ausgerechnet dann ihr Auto passierten und verstohlen, später schmunzelnd zu Herrchen herüber schauten, als dieser mit dem Schließen seines Hosenreißverschlusses befasst war. Vermutlich hatte er in seiner weißen gerippten Baumwollunterhose der Firma Schiesser einen Sondereinsatz ausgelöst, bis die Harmlosigkeit seines Tuns erkannt wurde.

Er war kein Flitzer und niemand, der sich für ein Attentat umkleidete.

Bei diesen Gedanken musste sie lachen. Nicht laut, sondern zurückhaltend und leise, der Vornehmheit der Veranstaltung entsprechend.

Der Herr Bundespräsident kam mit dem Auto, weil sein Hubschrauber auf dem Düsseldorfer Flughafen wegen des heftigen Gewitters nicht starten konnte, hielt eine schöne Rede und die Veranstaltung lief ohne besondere Zwischenfälle ab.

Für den Rückweg wechselte Herrchen seine Kleidung nicht wieder, obwohl es, wie man später hörte, der mit 38,8 Grad heißeste Sommeranfang der letzten einhundert Jahre war.

Herr Dinslaken und der Fasan

Aber dann kam der Spätsommer und Herr Dinslaken.

Bei ihm war zunächst unbekannt, woher er stammte.

Plötzlich war er da!

Er saß abgeschlagen und matt im Vorgarten, bewegte sich kaum und machte einen erbarmungswürdigen Eindruck. Als Frauchen ihn erblickte, wurde sie aktiv.

Dort konnte er nicht bleiben wegen mir und wegen anderer Gefahren!
Sie griff zum Telefon und rief einen Taubenzüchter an. Der versprach, das Tier abzuholen, was er trotz des strömenden Regens auch unverzüglich tat.
Zuvor hatte Frauchen dem zu diesem Zeitpunkt noch namenlosen jungen Täuberich Hühnerfutter und Wasser gereicht.
Er war so schlapp, dass er kaum picken konnte.
Seine Gegenwehr war auch beim Einfangen nicht groß.
Der Züchter versprach, ihn einige Tage lang aufzupäppeln, damit er den Flug zu seinem Heimatschlag schaffen könne.
Anhand der Fußberingung wurde festgestellt, dass sich der Heimatschlag in Dinslaken befand.
Unser Ort statt Dinslaken. Da hatte er sich aber ganz ordentlich verflogen!
Ich habe mich noch nie verlaufen und finde mich schon wegen meiner Markierungen gut zurecht.
Es war übrigens nicht meine Schuld, dass wir beim Pilzesammeln vom rechten Weg abkamen!

Dem Täuberich jedoch war jegliches Orientierungsvermögen abhanden gekommen - Dinslaken und Hamm! - Rhein und Lippe! - Klein- und Großstadt!
Als er zum zweiten Mal bei uns wohnte, wussten wir schon sehr viel mehr über ihn und Frauchen nannte ihn: Herr Dinslaken.
Herrchen verpasste ihm den Namen eines ehemaligen Regierungspräsidenten des Regierungsbezirkes Köln.
Der Täuberich hörte auf nichts!
Er saß auf einer Fensterbank im ersten Stock und kackte alles voll.
Frauchen verpflegte ihn, damit er den Weiterflug schaffte, jedoch dachte Herr Dinslaken gar nicht daran, uns zu verlassen.
Es schien ihm hier zu gefallen und er fühlte sich heimisch.
Als Frauchen sich schon Gedanken machte, wie es bei dem immer unangenehmer werdenden Wetter mit Herrn Dinslaken weiter gehen könne, löste er das Problem auf seine Weise.
Eines Morgens war er weg.
Ob er sich auf die Heimreise begeben hat oder von einem Greifvogel von unserer Fensterbank geholt wurde, wissen wir nicht.

Er war verschwunden, gerade, als wir uns an ihn gewöhnt hatten.

Frauchen reinigte die Fensterbank vom Kot.

Warum Herrchen Herrn Dinslaken mit einem anderen Namen rief, mag seinen Ursprung darin haben, dass der Täuberich und der von Herrchen verehrte, durch spektakuläre Anordnungen weit über seinen Regierungsbezirk bekannt gewordene Regierungspräsident aus dem Rheinland stammen.

Frauchen verbindet mit dem Ex-RP die gemeinsame Liebe zu Hühnern.

Auch er hatte ein fast dreizehnjähriges Minihuhn, wie er einmal in einer Fernsehsendung berichtete, das schon mehrere Angriffe von Füchsen und Steinmardern überlebte, während alle anderen Hühner getötet wurden.

Auch sein weises Huhn hatte im Laufe seines langen Lebens Verhaltensweisen entwickelt, die ihm in Gefahrensituationen ein Überleben ermöglichten.

Natürlich habe auch ich mich im Verlaufe meines langen Hundelebens gewandelt. Mit fortschreitendem Alter wurde ich gelassener und verlor meinen Übermut. Ich bin schon zwei Jahre älter als unsere kluge Henne wurde.

Ob Herr Dinslaken ein langes Leben vor sich haben wird - vorausgesetzt er wurde nicht von unserer Fensterbank entführt - vorausgesetzt, er erreichte jemals seinen Heimatschlag, ist eher zweifelhaft. Er wird wohl nach wochenlanger Abwesenheit bei seiner Ankunft im Suppentopf gelandet sein, weil er das, wofür er sein Futter bekommt, nämlich die Aufgaben einer Brieftaube zu erfüllen, völlig unzulänglich beherrscht.
Zäh wird er nicht gewesen sein.
Wie alt die Fasanenhenne war, die während des darauffolgenden Winters in meinem Garten wohnte, wissen wir nicht.
Einen Fasan hatten wir noch nie!
Verständlicherweise waren wir über sein Erscheinen verwundert. Er war ein Einzelgänger. Das ist eher untypisch!
Wenn ich bei Autofahrten auf den Feldern Fasanen sehe, sind meist drei oder vier beieinander, ein prächtig bunter Hahn, das andere sind Hennen.
Unsere lebte allein.
Offensichtlich fühlte sie sich von unserem Federvieh angezogen.
Natürlich wurde auch für sie Hühnerfutter an verschiedenen Stellen im Garten ausgestreut.

Ich jagte die Fasanenhenne nur einige wenige Male. Als ich feststellte, dass sie unerreichbar schnell und gut fliegen konnte, duldete ich sie bei uns.

Während eines langen Zeitraumes hindurch konnte Frauchen nicht ergründen, wo die Fasanin ihre Nächte verbrachte. Saß sie unter den tiefhängenden Tannen oder Wacholderbüschen? Schlief sie in dem von Werner im Vorjahr errichteten Schuppen am Grundstücksende? So sehr Frauchen auch aufpasste, sie konnte es nicht ermitteln.

Plötzlich war die Fasanenhenne im Morgengrauen an einem der Futterplätze und stärkte sich. Sie schritt im hinteren Teil meines Gartens umher und versuchte oft, in das Hühnergehege zu gelangen. So zumindest erklärten wir uns das andauernde Hin- und Herlaufen, bei dem ihr vorgestreckter Kopf nervös zitterte.

In ihrem Bemühen, zu den Hühnern zu kommen, blieb sie wegen des gut abgedichteten Geheges erfolglos.

Ihr wurde auf andere Weise geholfen und zwar ließ Frauchen eines Abends die Hühnergehegetür einen Spalt breit offen, als sie den Stall verschloss. Auf diese Weise waren die

Hühner über Nacht geschützt und die Fasanin konnte ins Gehege, wenn sie denn wollte.
Am nächsten Morgen war sie drin!
Sie wirkte ängstlich, als Frauchen die Hühner herausließ und fütterte. In Panik schoss sie gegen das Plastiknetz.
Ganz offensichtlich war ihr das, was sie lange Zeit erwünscht hatte, unerträglich, als es Wirklichkeit wurde.
Ein Zusammenleben zwischen unseren Hühnern, dem Hahn Gustav und der namenlosen Fasanenhenne war, wegen deren Panikattacken, unmöglich. Es dauerte auch gar nicht lange, bis der selbstgewählte Freiheitsentzug durch die Fasanin beendet wurde.
In einem Senkrechtstart, bei dem ihre Flügel surrend kreisen, flog sie durch das einzige Loch in der Plastiknetzabsperrung und entschwand unseren Blicken.
Sie lebte noch bis zum nächsten Frühjahr bei uns, ohne jemals wieder Einlass bei den Hühnern begehrt zu haben.
Als Frauchen dem wild wuchernden Efeu am hinteren Zaun einen Frühjahrsschnitt verpasste, stieß sie auf die Nachtbehausung der Fasanenhenne. Hoch oben auf dem Bretterzaun im dichten Efeu zwischen schützenden

Sträuchern saß sie.
Ein guter Platz, finde ich. Zur einen Seite konnte sie zum Marktplatz und zu den Fußgängern schauen, ohne selbst gesehen zu werden, konnte Hunde unter sich vorbeiziehen lassen, die sie nie erreichen würden, war vor mir geschützt und vor den Wildkatzen und Mardern. Warum sie überhaupt so lange bei uns geblieben ist, können wir uns nicht erklären. Jedenfalls war sie seit dem Zeitpunkt verschwunden, an dem Frauchen ihr Versteck eher unbeabsichtigt aufgespürt und zu großen Teilen vernichtet hatte.

Nesttreue Heckenbraunellen
Ganz anders verhielten sich die Heckenbraunellen bei fast gleicher Vorgeschichte.
Frauchen schnitt mal wieder Efeu ab.
Diesmal ganz nah beim Haus neben dem Seiteneingang zur Garage. Dort stand der efeuumwundene Stumpf eines Sauerkirschenbaumes. Fast das ganze Beet war efeuüberdeckt und es bedurfte einer gewaltigen Reduzierung, weil kaum Platz für die Sommerblumen mehr blieb.
Also, Efeu weg von Beet und Stamm!
Bei solchen Arbeitseinsätzen halte ich mich

lieber abseits, weil zu fürchten steht, dass Frauchen mich in ihrem Übereifer und ihrer Arbeitswut versehentlich treten könnte.
Ich sehe, auf der Wiese liegend, aus sicherem Abstand zu.
Auch dieses Mal bemerkte ich, dass Frauchen mal wieder übertrieb.
Der ganze Sauerkirschenbaumstumpf wackelte bereits bedenklich, als sie am Efeu riss und schnitt.
Während der gesamten Zeit begleitete ihre Arbeit der liebliche Gesang eines Vogels, den wir zuvor so noch nie gehört hatten. Frauchen suchte den Verursacher des Wohlgesangs und gewahrte ein kleines Vögelchen auf einer Tanne.
Es ähnelte einem Spatzen, war aber kleiner.
Diese mächtige Stimme passte nicht zu dem zierlichen Körper. Und während er die Aufmerksamkeit durch seinen beeindruckenden Gesang auf sich lenkte und seine Position oft veränderte, wollte er ablenken.
Ablenken von seinem Nest am wackeligen Efeustamm mit fünf winzigen Eiern.
Als Frauchen es entdeckte, ließ sie von ihrem wilden Tun ab, versteckte das fast frei gelegte Nest hinter dem wenigen, noch vorhandenen

Efeu und hoffte, dass es nicht verlassen werden würde.

Es dauerte gar nicht lange, bis der Sänger sich die Bescherung genau ansah, auf das Gelege setzte und brütete.

Er ließ sich nicht durch mich erschrecken und blieb sitzen, obwohl Herrchen nah an ihm vorbei musste, wenn er seine Garage betreten oder verlassen wollte. Die Heckenbraunelle brütete unbeeindruckt von Regen, der manchmal auf sie rann, weil Frauchen den Schutz versehentlich weggeschnitten hatte. Nach etwa vierzehn Tagen war das Nest leer.

Zuvor hatte ich bemerkt, dass kleine, orangegelbe Tierchen aus den Eier geschlüpft waren. Ich glaube, dass die Vogeleltern ihre Kleinen an einen ruhigeren Platz verbracht hatten.

Fast sicher bin ich in der Auslegung meiner Beobachtung, dass sie inzwischen im dichten Jasminstrauch ein weiteres Nest gebaut und den ersten Moment genutzt hatten, wo die Kleinen transportfähig zum Umquartieren waren. Wenn mich nicht alles täuschte, suchten die Vogeleltern in der Folgezeit vermehrt nach Futter. Alles schien bei den nesttreuen Heckenbraunellen noch einmal gut gegangen zu sein, jedoch werden Sträucher und Gehölze jetzt nur noch in der kalten Jahreszeit gestutzt.

Sonderbare Weihnachtsbäume
Kürzlich transportierte Herrchen zwei riesig hoch getürmte Anhänger voll Baumschnitt zur Kompostierungsanlage. Beide hatten wieder einmal wie wild viel abgeschnitten. Frauchen kümmerte sich um die niedrigeren Rodungen, während Herrchen bis auf die Spitze der mehrfach ausgezogenen Leiter stieg, um die, trotz erheblicher Baumfällaktionen der Landschaftsgärtner, vorhandenen Tannen- und Obstbäume in Schach zu halten. Frauchen hat Angst, wenn er so wagemutig ist und sagt, sie könne das nicht mit ansehen, wie er sich quäle. Er solle lieber an einer ungefährlicheren Stelle unsere Weihnachtsbäume absägen und die riskante den professionellen Baumfällern im nächsten Frühjahr überlassen. Aber, was Herrchen sich in den Kopf gesetzt hat, führt er auch durch! In diesem Punkt sind wir uns alle sehr ähnlich! Und so sägte er riesig dicke Seitenäste einer bereits vor vielen Jahren geköpften Tanne ab, die als Schmuck rund um das Haus und drinnen verwendet wurden.

Einige nach oben gerichtete Äste des mächtigen Baumes, die alle bereits Weihnachtsbaumlänge erreicht hatten, sollten an den bevorstehenden Feiertagen unsere Stuben schmücken. Die, in der ich wohne und die, in der Kathrins Katze lebt. Herrchen vollbrachte eine halsbrecherische Akrobatik, um die dicken Äste abzusägen. Frauchen hielt den langen Strick. Ich verzog mich. Beide Astbäume stürzten herab, ohne Schaden anzurichten oder zu nehmen. Sie wurden auf Zimmerhöhe gekürzt. Sehr zweckmäßig waren sie gewachsen. An einer Seite mit kürzeren Zweigen, konnten sie raumsparend aufgestellt werden. Unserer reichte bis zur Decke! Wie jedes Jahr hatte er rote Kerzen, rote und durchsichtige Kugeln und ganz, ganz viele bunte Holzanhängerchen. Frauchen hält das für eine Art Tradition!

Kathrins Baum ist mit sehr viel mehr Lichtern ausgestattet als unserer.
Dazu hat sie alles in silberner Farbe, Kugeln, Girlanden und Holzanhänger. Die Farbe der Schleifen wechselt mit der Mode oder nach ihrem Geschmack. In jenem Jahr waren sie cremefarbig. Ihr Baum sah farblich äußerst edel aus, glich in der Form aber eher einem

Weihnachtsstrauch.
Nicht, dass wir ihr den schlechteren gegeben hätten, ganz im Gegenteil!
Er sollte schon recht gut wirken, der erste Weihnachtsbaum in der neuen Wohnung!
So etwas ist von besonderer Bedeutung, meine ich, und von bleibender Erinnerung.
Eigentlich hatte der Baum gleich zwei Mal zu gewissen Spannungen geführt.
Schon zu dem Zeitpunkt, als er gerade abgesägt worden war und Frauchen hörte, an welche Stelle des Wohnzimmers er gestellt werden sollte, erschien ihr dies unmöglich, da die Zimmerdecke dort zu niedrig für den Baum ist. Der sollte, unter Berücksichtigung seines Wuchses, die vorhandene Höhe beibehalten.
Frauchen schlug vor, ihn an einer anderen, durchaus geeigneten Stelle zu platzieren oder sich einen kleineren zu kaufen, der besser in die Dachschräge passen würde.
Kathrin wirkte verschnupft, weil ihre Mutter sich wieder einmal in alles einmischte und so wurde das Thema Tannenbaum nicht weiter berührt bis zu dem Tag, als unserer aufgestellt werden sollte. Da wurde klar, dass Kathrin ihren zu langen Baum sehr wohl in die Ecke

der Dachschräge stellen wollte.
Wir überließen ihr den im oberen Bereich dekorativ ausladend dicht mit Zweigen bestückten.
Herrchen stielte den dünneren für uns ein.
Weil der Vormittag mit vielen Erledigungen angefüllt war, gelang es ihm, nur unseren Baum auf das richtige Maß zu stutzen und aufzustellen, bevor er mittags zum Dienst musste. Frauchen schmückte unseren Tannenbaum, saugte alle Nadeln weg und es war fast schon dunkel, als Kathrin und Markus sich um ihr Weihnachtsgrün kümmerten.
Was danach geschah, kann nur so erklärt werden, dass das Licht nicht ausreichte, um die Vorzüge und Nachteile des vor ihnen liegenden Nadelgehölzes deutlich hervortreten zu lassen. So entschlossen sie sich für den bequemeren Weg und kürzten den Baum an der Spitze!
Ritsch, ratsch, sechzig Zentimeter ab!
Wenn Herrchen noch Zeit gehabt hätte, den Baum für Kathrin und Markus zu kürzen, hätte er das mit Sicherheit nicht an dieser Stelle getan. Dann hätte der Baum selbst in der Dachschräge schön ausgesehen. Aber jetzt war er eben ein Weihnachtsstrauch, der sich über

die hintere Wohnzimmerecke ergoss, tannengrün, silbern und cremefarben.

Als Frauchen das Gebilde sah, war sie verwundert, was aus ihrem, wie sie meinte, ganz ansehnlichen Baum geworden war und dachte sich: Einer allein kann auf solch eine Idee nicht kommen!

Die beiden jungen Leute waren am Heiligen Abend, wie immer bei uns.

Ihre Katze ließen sie drüben.

Es gab Rehkeule mit aufgetauten Wildpilzen, die wir in diesem Jahr in großen Mengen fanden. Wir hörten die drei Weihnachtsschallplatten, die wir besitzen.

Es war schön.

Kathrin schaute oft zu unserem langen, dünnen, aber schönen Weihnachtsbaum und mich beschlich die Ahnung, dass sie glaubte, wir hätten uns den schöneren genommen.

Ein ganz besonderes Weihnachtsfest
Mit dem Wetter kann man es ja niemandem so recht machen. Meist herrscht große Unzufriedenheit. Bis auf einen Termin im Jahr. Da wünschen sich alle übereinstimmend eine weiße Weihnacht! Mit Sicherheit gibt es wieder Berichte alter Leute, die sich mit

allergrößter Bestimmtheit an eine alljährliche, weiße Weihnacht erinnern können. Da nutzen auch Einwände wenig, die besagen, dass in unseren Breitengraden eine Schneewahrscheinlichkeit zu Weihnachten von eins zu vierundzwanzig besteht. Jedoch scheint früher alles anders, besser, schneereicher gewesen zu sein!

Ich selbst kann mich nicht daran erinnern, dass hier bei mir im Garten schon jemals zu den Weihnachtsfeiertagen Schnee gelegen hat. Einige Tage später, oder zum Jahreswechsel durchaus! Da war es schon öfter weiß rundum, aber zu Weihnachten noch nie!
An diesem Heiligen Abend, an dem Kathrin und Markus bei uns wohnten, Markus zum allerersten Mal und Kathrin wieder, an diesem Heiligen Abend begann es zu schneien. Zwar erst sehr spät am Abend und wir bemerkten es, als die beiden nach drüben zu ihrem Weihnachtsgebüsch und ihrer rabenschwarzen Katze gingen.
Es krümelte auf das Wintergartendach.
Am nächsten Morgen war alles weiß! Ich rannte einige Runden durch meinen Garten, so schnell ich halt noch konnte, schnüffelte an allen Ecken, um zu ergründen, was unter der

Schneedecke verborgen sein könnte und bemerkte, dass Herrchen und Frauchen jünger wirkten.
Sie schienen fast so begeistert wie ich!
Zuvor, am 23. Dezember wirkte Herrchen wieder total jung. Er rief freudig erregt „Philipp, Philipp, komm mal ganz schnell raus!" und zeigte mit der rechten Hand nach oben.
Doch wohl kein neuer Baukran, dachte ich und stürmte mit Frauchen nach draußen. Sie hört auf „Philipp" und Herrchen auch. Das rührt von ganz lange zurückliegenden Zeiten her, als ich noch gar nicht lebte und unsere Kathrin auch nicht.
Da nannte Frauchen ihren Kurt „Philipp" nach dem englischen Prinzgemahl und er sie auch.
Vielleicht war ihm „Elisabeth" zu lang.
Also Philipp und ich stürzten zu Philipp nach draußen und schauten in den Himmel.
Gottlob war es kein Kran und kein Heißluftballon!
Wenn so ein zischendes Ungetüm über meinen Garten fliegt, ruft Herrchen uns auch.
Aber es war ein Kranichzug!
In einer großen Eins flogen sie mit ihren typischen Krächslauten diagonal über mein

Grundstück - von Nordosten nach Südwesten!
Um diese Jahreszeit!
Alle waren erstaunt und vermuteten, dass die Vögel ihre Reise in wärmere Gefilde erst so spät angetreten hätten, weil der Herbst ungewöhnlich warm gewesen war. Es gab kein Novembergrau, dafür viele sonnige Tage, an denen ich oft draußen liegen konnte.
Die ersten kalten Nächte mussten sie veranlasst haben, südlichere Gegenden aufzusuchen. Frauchen sagte, das könne nur Glück bedeuten, wenn ein Kranichzug über uns hinweg flöge!
Ich brauche eigentlich kein Glück.
Mit meiner Familie habe ich eine gute Wahl getroffen und konnte mich in all den Jahren nur selten über sie beklagen.
Natürlich machten wir an diesen verschneiten Weihnachtsfeiertagen wieder mehrere ausgedehnte Spaziergänge in verschiedene Richtungen.
Es war sehr schön!
Am zweiten Feiertag überflog uns mitten in den Felder ein weiterer, jedoch kleinerer Kranichzug in gleicher Flugrichtung.
Vielleicht hatten die Tiere Glück und würden bald in Südfrankreich angelangen, hofften wir.

Da ist Afrika nicht mehr fern.
Zu diesem Zeitpunkt war es auch in Südeuropa fast so kalt wie bei uns. In Südspanien kamen noch sintflutartige Regenfälle dazu.

Andalusien hin und zurück
An den Weihnachtsfeiertagen schauten sich alle mehrmals das Urlaubsvideo aus Andalusien an.
Ein Mitreisender hatte es gedreht und wir bekamen einen Mitschnitt. Es war ein ganz doller Film und selbst ich sah das gleißende Licht und wurde an unsere Campingurlaube in Kroatin erinnert und an die Ferien in Nordspanien in einer verflohten, alten, schiefen Wohnung.
Bei der letzten Fahrt war ich nicht dabei und wurde von unserer Kathrin versorgt.
Sie gab mir pünktlich morgens mein Leckerchen und frisches Wasser, öffnete den Hühnerstall und fütterte das Federvieh.
Manchmal streichelte sie mich und ich roch ihre fürchterliche Katze.
Die vierzehn Tage, während Frauchen und Herrchen weg waren, erschienen mir lang.
Ihnen auch, weil sie so viele Eindrücke gewinnen konnten. Eigentlich hatte Frauchen

die Tour schon für das vorherige Jahr geplant, aber die Bauerei machte alles zunichte.

Im Frühjahr wollte sie mit Herrchen und unserem alten Klappwohnwagen in Richtung Andalusien starten. Entlang der französischen Mittelmeerküste sollte es immer weiter bis nach Malaga gehen.

Die Fahrt hatten beide im Campingbulli vor sehr vielen Jahren unternommen und sie wollte alles unbedingt noch einmal sehen - Nizza, St. Tropez, Monaco...

Da sich die Planungen des Anbaus durch unseren ersten Architekten bis in den Frühsommer hinzogen, konnten sie nicht fort. Danach kam die heiße Bauphase. Da ging es schon gar nicht!

Also schob Frauchen alles bis zum nächsten Jahr auf.

Als es bereits schon wieder Sommer war, kam sie zu der Erkenntnis, dass ihr Wunschziel Andalusien auch in diesem Jahr nicht zu erreichen sein würde.

Wenn sie ehrlich war, musste sie sich eingestehen, dass unser Klappcaravan klapprig war. Unser Auto war keinesfalls mehr neu und sie selbst und Herrchen auch nicht. Sie ließ die lange Reise an sich vorbeiziehen und es

verging ihr der Mut.
Beim Zeitungslesen kam er wieder!
Eine kleine Notiz verwies darauf, dass eine Kirchengemeinde eine Studienreise nach Andalusien plane und noch Mitreisende suche.
Frauchen rief an und fragte, ob auch Nichtkatholische mitreisen dürften, worauf ihr gesagt wurde, sehr wohl könnten auch Menschen anderer Konfessionen mitfahren, wichtigste Bedingung sei, dass sie nett seien und zu der schon angestammten Reisegesellschaft passen würden.
Nett sei sie, antwortete Frauchen. Wie das mit Herrchen sei, könne sie nicht beurteilen.
Er ist auch nett, sage ich!
Nun kam eines Tages der Reiseleiter und begutachtete meine Lieben und entschied, dass sie mitfahren konnten.
Herrchen wollte zuerst überhaupt nicht, weil es ihm zu teuer war, aber ihm ist immer alles zu teuer. Frauchen hat ein besseres Preisempfinden und weiß sofort, was günstig ist. Diese Fahrt war günstig und sie ließ sich durch Herrchens Nörgeleien nicht beeindrucken.
Sie sagte, dass sie beide ja keine Siamesischen Zwillinge seien und sie doch wohl mit einer hochchristlichen Reisegruppe allein fahren

könne, wenn er partout keine Lust dazu habe. Das würde dann auch nur die Hälfte kosten zuzüglich des Einzelzimmeraufschlags.
Als Herrchen erkennen musste, dass er diese Reise nicht verhindern konnte, fuhr er mit.
Er solle sich ja gut benehmen und Karin nicht ärgern, die sich auf diese Fahrt so sehr freue, gab ihm seine Cousine noch mit auf den Weg!
Bis auf wenige Ausnahmen hat er diesen Rat beherzigt.
Sie fuhren über sechstausend km mit dem Bus, wohnten in neun Hotels, besichtigten viele Kathedralen, Städte, Ausgrabungen und natürlich die Alhambra und die Kirchenmoschee in Cordoba.

In Granada sahen sie es zum ersten Mal!
Gleich in der Nähe ihres zentral gelegenen Hotels wollten sie am Abend eine Erfrischung zu sich nehmen und hatten sich schon unter einen Sonnenschirm gesetzt, als ihr Blick auf die Schaufensterscheiben einer Zoohandlung fiel.
In kleinen Hamsterkäfigen dösten Hundewelpen!
Zwei in einem Minigefängnis!
In der Hitze der untergehenden Sonne! Sie wirkten apathisch!

Im unteren Behältnis schlummerten zwei weiße American Staffordshire Terrier Welpen vor sich hin. Einer hatte die Nasenspitze zwischen die engen Gitterstäbe gequetscht. In der oberen Box lagen bewegungslos zwei Cocker Spaniel Welpen. Alle vier waren gut genährt.
Frauchen wurde schlecht ob der Tierhaltung!
Sie verließen ihre Plätze und gingen ein Stück spazieren. Es würde nichts nützen, wenn die Welpen gekauft würden, da immer neue nachrücken.
Als ich mitbekam, wie sie diese Geschichte unserer Kathrin und ihrem Markus erzählte, verlangte ich innerlich nach Europäischen Tierschutzgesetzen.
Auch Sylvia hatte schon einmal einen Fernsehbericht über die zur Bewegungslosigkeit verdammten Welpen in spanischen Zoohandlungen gesehen!
Fett, wie runde Mopse vegetierten sie in den kleinen Käfigen, die ihnen kaum Platz zum Aufrichten boten.
Später sahen meine beiden Ähnliches noch einmal auf ihrer Rundfahrt.
Aber es gab auch sehr viel Schönes zu betrachten!

Und dann die Wärme und das Licht!
Mir wäre es ja zu viel geworden, zu heiß, zu hell, zu stressig! Punktum abfahren, fast täglich Gepäck verladen, frühzeitig aufstehen, nichts vergessen einzupacken, Schlange stehen an den Aufzügen, weil alle Hotelgäste scheinbar zur selben Zeit frühstücken oder Gepäck transportieren wollten. Irgendwie schien manches besonders den männlichen Mitfahrern auf die Nerven zu gehen, denn der eine oder andere ließ zeitweise seiner aufgestauten Aggression freien Lauf.
Ich meine ja sowieso, dass Männer größere Anpassungsschwierigkeiten als Frauen haben.
Sie gefallen sich in der Rolle des Führenden, dessen Wünsche und Anregungen Berücksichtigung zu finden haben, egal wie sinnvoll sie sein mögen.
Ein ganz besonderes Exemplar der unangepassten Gattung saß hinter meinen Lieben!
Bei jedem Busstopp entspann sich eine unüberhörbare Diskussion mit seiner Frau über die Notwendigkeit, jetzt hier zu halten.
Jeder der übrigen dreiundvierzig Mitreisenden hatte die Ausführungen des Busfahrers über Lenkzeiten und -pausen verstanden und auch die Vorteile zum Nutzen der Möglichkeiten

biologischer Entschlackung, nur der Hintermann nicht!

Manchmal hatte er eine bessere Fahrroute auf Lager! Er sollte seinen Versicherungsjob aufgeben und Bus-, Fern- oder Kraftfahrer werden. Also, er hatte dauernd etwas zu motzen und je länger die Reise andauerte, desto auffälliger wurde sein Benehmen.

Zu Beginn der Rückreise von Torremolinos entlang des plastikumwickelten Küstenstreifens - der Hintermann wäre wieder anderswo lang gefahren - genossen die meisten den Blick über das tiefblaue Meer, das stellenweise türkis schimmerte.

Frauchen war fasziniert von der Teilstrecke und den vielen, schönen oder ungewöhnlichen Ausblicken auf der Fahrt in Richtung Osten: die schroffen Felsen, die bis zum Wasser reichten, die unvorstellbar großen und häufigen Flächen von Plastikgewächshäusern, in denen scheinbar das Gemüse und Obst für ganz Europa heranreifte. Sie zogen sich bis auf hochgelegene, oftmals künstlich planierte Plateaus hinauf.

Ein Anblick ließ Frauchen erstaunen. Ein in einer großen Bucht gelegener Ort stellte sich von oben so dar, als bestünde der aus lauter

dunkelweißen Plastikplanen, aus denen Häuser, Kirchen und Hallen herausschauten. Scheinbar gab es kein Grün außerhalb der Verpackungen.
Der Anblick war schön und erschreckend zugleich.
Ein anderer Ausblick faszinierte sie besonders.
Tief unten in einer Bucht tummelten sich fünf oder sechs kopfgroße Kugeln im dunstüberzogenen Wasser. Sie fragte Herrchen leise, ob es sich hierbei um Taucher handeln könne, oder ob es Bojen in ungewöhnlicher Formation seien, als der hinter ihnen Sitzende lauthals zu lachen begann.
Er hörte nicht auf!
Bis Frauchen sich umschaute! Es schien, als hätte er noch nie einen bessern Witz gehört, als den von Frauchen mit den Tauchern, die dann doch Bojen waren.
Noch heute fragt sie sich, wie der Hintermann ihr an Herrchens Ohr gerichtetes Flüstern überhaupt verstehen konnte.
Das Ekel unterbrach sein Lachen, kostete diesen vermeintlichen Witz jedoch noch mehrmals am Tage aus, vergab Punkte für diese Komik.
Als der Moment kam, an dem sie sich wirklich

zu ärgern begann, sagte Frauchen gut verständlich für alle Umsitzenden und für Herrchen: „Hast du das mitgekriegt? Ich habe soeben die höchstmögliche Punktzahl für größtmögliche Doofheit bekommen, weil ich mich erdreistete, kurzfristig Bojen für Taucher zu halten!"
Der Hintermann lachte wiehernd, bis ihn seine Frau zurückpfiff. Für diesen Tag war er ruhig!
Natürlich bekam in all dem Männerfrust auch Herrchen seine Krise.
Gerade dort, wo es am unangebrachtesten war!

Zuviel für einen Camper?
Und zwar am siebten Tag ihrer Reise im Gran Hotel Barcelo Renacimiedd in Sevilla!
Das Hotel war fast neu, zur Expo gebaut und ist ein Fünf-Sterne-Hotel. Ich glaube nicht, dass ich mich darin wohl gefühlt hätte. Bestimmt wäre ich erst gar nicht reingekommen.
Diese Reisegruppe fand in Sevilla keine anderen Übernachtungsmöglichkeiten, weil alles ausgebucht war. So durften sie zwei Nächte Gast in dieser edlen Herberge sein.
Das Hotel besteht aus drei riesigen, runden, vierstöckigen Türmen, die auf der unteren

Ebene durch unvorstellbar weiträumige Hallen verbunden sind.
Großzügig, durchgestylt, luxuriös!
Die Gästezimmer liegen an den Außenrundungen und werden über einen rundherum laufenden Balkon erreicht. Es gibt keine engen Hotelflure. Dafür einen riesigen Innenraum in jedem der drei Komplexe, die unterschiedlich gestaltet sind.
Der Innenhof des Rundbaus, in dem Frauchen und Herrchen wohnten, wurde durchzogen von Wasserläufen, hatte einen großen Springbrunnen und natürlich einen gläsernen Aufzug.
Baumhohe Palmen, durch die ein geschlungener Weg führte, gab es im mittleren Wohnturm.
Frauchen machte ein Foto von Herrchen in dem Palmengarten.
Er wirkt darin winzig.
Riesig war hingegen das Frühstück. Was es alles gab, erzählte Frauchen nie, obwohl mich das am meisten interessiert hätte. Sie sagte nur: „Es war einfach unbeschreiblich!" So etwas könne man sich sowieso nicht vorstellen, also erübrige sich auch jegliche Aufzählung.
Abends speisten sie wieder in dem Wahn-

sinnshotel.
Es war köstlich.
Die Getränke ließ man nach Angabe seiner Zimmernummer aufschreiben, was per Unterschrift bestätigt werden musste, zumindest am ersten Abend.
Im Speisesaal saß noch eine japanische Reisegruppe.
Abschließend trank Frauchen in der Bar einen Cocktail. Herrchen hatte keinen Durst. Danach gingen sie in ihr rundliches Zimmer mit der goldgelb gestreiften Tapete, den passenden Vorhängen, den Mahagonimöbeln und dem Marmorbadezimmer.
Am nächsten Morgen kam das überwältigende Frühstücksbuffet, dann die Stadtbesichtigung vom Amerikanischen zum Spanischen Platz und vorbei an der ehemaligen Zigarettenfabrik, in der Carmen - die Carmen! - einst gearbeitet hatte, zur Kathedrale mit dem Grabmal des Christoph Kolumbus, Aufstieg auf den Aussichtsturm der Kirche, um sich von dort einen Gesamtüberblick zu verschaffen, schauen, von welcher Stelle aus man das Gran Hotel sehen kann, Abstieg, Rückfahrt zum Hotel, frisch machen, speisen.
Zuvor war der Reiseführer gefragt worden,

was sich die Gruppe wohl zum Abend wünschen würde. Am Vorabend habe man darauf keine Rücksicht nehmen können, weil noch eine weitere Reisegruppe anwesend waren. Aber an dem zweiten Abend ihres Aufenthaltes könnten sie sich ein gemeinsames Essen aussuchen.
Der Reiseleiter sagte: „Fisch, bitte!"
Und es gab welchen!
In einer herrlichen, hellen Sauce. Leider, wie das in Mittelmeerländern so üblich ist, mit zu wenigen Kartoffeln. Es waren eher zwei bis drei kleine Kügelchen, die nach Kartoffeln aussahen und auch so schmeckten.
Für mich wäre das kein Problem. Ich mag keine Kartoffeln.
Aber es gab in Sevilla noch viel mehr.
Zuvor wurden die Gäste mit einer Vorspeise verwöhnt, von der bestimmt niemand wusste, wie sie hieß, nur, dass sie wunderbar leicht nach Fisch schmeckte. Danach bekamen alle eine Blattspinatsuppe, zu der man ein Backwerk in der Form eines Hörnchens aß.
Herrchen sparte sich ein Zipfelchen des Hörnchens für den Hauptgang auf, der wieder wenige Beilagen haben würde und war erstaunt, als sein Krümelchen Brot von den

Obern abgeräumt wurde.
Er schaute entgeistert hinterher, wie die Krönung seines abendlichen Mahles auf eine Anrichte gestellt wurde, zum Fassen nah und dennoch unerreichbar.
Frauchen hatte zunächst gar nicht bemerkt, welche Untat Herrchen widerfahren war, sonst hätte sie gesagt: „Senor, pan porvavor!" Vielleicht hätte der Ober verstanden und Herrchens nachfolgender Monolog wäre unterblieben.
Aber niemand bemerkte den rohen Übergriff des Obers, der nur Ordnung auf dem Tisch schaffen wollte und damit Herrchen um den Genuss des nachfolgenden Hauptgerichts brachte.
Frauchen ließ sich die gute Atmosphäre nicht verderben. Auch nachdem er leise, aber eindringlich wegen des Diebstahls eines Stückchen Hörnchens zu klagen begann, hörte sie weg.
Er sagte, seine Empörung war dabei nicht zu überhören, dass ihm so etwas noch nie passiert sei. Wirklich fein sei es hier offensichtlich nicht. Es habe den Anschein, als wollte man so schnell als möglich Feierabend bekommen. So eine Hektik!

Frauchen erwiderte nichts, weil sie genau wusste, wenn er an diesem Punkt angekommen ist, an dem der leise unaufhörlich redet, kann sie ihn nur durch schroffe Zurechtweisung bremsen.
Das war im gegenwärtigen Moment nicht möglich wegen der anderen Mitreisenden, besonders wegen des anderen Paares an ihrem Tisch.
Es fiel ihr schwer, den Mund zu halten.
In einer zweiten Welle der Empörung führte Herrchen aus, dass man in Südfrankreich drei Stunden lang esse und weggenommen worden sei ihm dort auch noch nichts, das er sich für später aufgehoben hatte!
Frauchen dachte, was für ein gutes Gedächtnis er hat! Sonst vergisst er sehr viel, aber hier kommt ihm die Erinnerung an über zwanzig Jahre zurückliegende Südfrankreichurlaube und die dortigen Essgewohnheiten.
Dass er gegenwärtig in Südspanien Urlaub machte und sich in einem außergewöhnlich vornehmen Hotel befand, in dem es angenehm freundlich zuging, schien er zu verdrängen.
Das Jammern um sein Stück Hörnchen fand Frauchen lächerlich und ließ sich den Appetit an ihrem herrlichen Fisch mit der noch

besseren Tunke und den olivengroßen Kartoffeln nicht verderben.

Als ihre Tischnachbarin Herrchen Recht gab und das Verhalten des Obers ungehörig fand und fragte, ob sie zur Anrichte hinüberlangen solle, um ihm sein dort befindliches Eigentum zurück zu geben, stand Frauchen auf!

Ihr Mahl hatte sie bereits beendet und auch genügend Wein getrunken.

Sie ging seelenruhig in den angrenzenden Salon. Ihr war bewusst, dass ihr zumindest die drei Leute von ihrem Tisch erstaunt nachschauen würden.

Für die anderen Mitreisenden stellte sich ihr Abgang, wenn er überhaupt bemerkt worden war, so dar, als wolle sie etwas aus ihrem Zimmer holen oder austreten gehen.

Sie setzte sich in eines der unzähligen Sitzmöbel des Foyers und genoss die Stille.

Es dauerte einige Zeit, bis die Tischnachbarin zu ihr kam, um sie zurückzuholen, da das Dessert bereits serviert worden sei.

Frauchen antwortete, dass sie auf das Dessert keinen Wert lege. Alles andere sei überaus köstlich gewesen. Zum gegenwärtigen Zeitpunkt wolle sie nur die großzügige Atmosphäre dieses Raumes genießen! Jedoch

führte die Tischnachbarin weiterhin aus, dass heute die Getränke direkt am Tisch abkassiert würden und mein Frauchen ja das Geld habe.
Dafür hatte Herrchen den Zimmerschlüssel, oder das, was man heutzutage so nennt.
Mit dem Öffnen der Zimmertüren kannte er sich besser aus, während bezahlen im allgemeinen nicht sein Ding ist.
Also hat Frauchen das Geld, schon deshalb, weil sie ihn sonst bei jeder Ausgabe bitten müsste und manchmal ist er ungewöhnlich schwerhörig.
Aus diesem Grunde gibt es eine strikte Trennung der Aufgaben!
Innerlich feixte sie, weil Herrchen in der Klemme saß! Er, der ungern bezahlte, war jetzt dazu gezwungen, konnte aber nicht! Natürlich hatte er es sich selbst eingebrockt wegen der Meckerei um das Brotbröckchen! Aber sie wollte die Situation nicht peinlicher machen, als sie schon war, stand ungern aus ihrem behäbigen Sessel auf und folgte der Tischnachbarin.
Herrchen war erleichtert, als sie wieder bei ihnen Platz nahm. Ihre Süßspeise, die ganz wunderbar geschmeckt haben soll, überließ sie ihm mit der bissigen Bemerkung, er sei ja eben

zu kurz gekommen. Natürlich aß er auch Frauchens Portion auf.
Hätte ich auch gemacht, wenn sie doch gut schmeckte!
Ich lasse selten etwas übrig. Da denke ich genau so wie Herrchen, der oft sagt, wenn wir im Restaurant etwas zurückgehen lassen würden, werden die Portionen kleiner! Das wäre den nachfolgenden Gästen gegenüber unverantwortlich!
Im Zimmer des Hotels in Seviella rügte sie sein Benehmen – wegen eines Stückchen Brots zu nörgeln und den schönen Abend zu verderben
Anfänglich versuchte er, seine Position zu behaupten, wurde aber anschließend still. Das muss allerdings nicht bedeuten, dass er überzeugt worden ist.
Frauchen erinnerte ihn an seine Cousine, die ihm die Bitte mit auf den Weg gegeben hatte, Karin nicht zu ärgern, da sie sich diese Reise so sehr wünschte.
Manchmal kommt er mir, trotz seines fortgeschrittenen Alters, recht unerzogen vor.

Verwechslungen
Wir wissen nicht genau, warum die Getränke am ersten Abend aufgeschrieben und am zweiten Abend bezahlt werden mussten.
Mag sein, dass es Unstimmigkeiten mit der bereits abgefahrenen, japanischen Reisegruppe beim Bezahlen am Morgen der Weiterfahrt gegeben hat!
Überraschungen gab es auch in unserer Gruppe beim Verlassen des Gran Hotels.
Ein Ehepaar glaubte am ersten Abend nicht so viel getrunken zu haben, wie ihnen in Rechnung gestellt worden war, jedoch konnten die Unterschriften auf den Belegen Klarheit schaffen! Vielleicht war es bei den japanischen Schriftzeichen nicht ganz so einfach, Irrtümer aufzuklären.
Durch die deutlich identifizierbare Unterschrift eines unserer Mitreisenden, der versehentlich die Zimmernummer des vorherigen Hotels angegeben hatte, konnte dem dezent protestierenden Ehepaar schnell Gerechtigkeit geschehen und der Irrtum problemlos korrigiert werden.
In einem anderen Hotel wollte jemand, wie am Tage zuvor, in den siebenten Stock fahren, obwohl der Fahrstuhl nur bis zur fünften Etage

ging. Kurzes Überlegen, auf den Schlüssel schauen und erkennen, dass man noch die Zimmernummer des vorherigen Hotels im Kopf hatte. Wenn man immer wieder nach ein oder zwei Nächten das Hotel wechseln muss, können schon mal solche Irrtümer geschehen.
Menschen haben ja keinen guten Geruchssinn.
Meist fanden sich alle recht gut zurecht - bis auf den Rückreisetag in Lloret de Mar. Da gab es eine halbstündige Verzögerung, weil zwei ältere Damen sich verlaufen hatten.
Es war aber auch ungeheuer kompliziert, zum Bus zu gelangen.
Weil das Hotel nur über schmale, gewundene Gassen erreicht werden konnte und der Bus dort weder parken noch wenden hätte können, wurden die Gepäckstücke mit Kleintransportern dorthin gebracht, während die Gäste zu Fuß liefen.
Nach dem Abendessen begann es zu regnen, so dass nur wenige eine Tour durch den Ort machten, was sich am nächsten Morgen rächte, weil kaum jemand den Weg zurück zur Hauptstraße mit dem kleinen Dauerkirmesplatz wusste.
Frauchen und Herrchen schon mal gar nicht!
Sie schlossen sich anderen an, die besser

Bescheid zu wissen schienen und erreichten so den Bus.

Es regnete in Strömen!

Zwei ältere Damen der Gruppe irrten im Ort umher, fragten bei der Polizeistation nach dem Kirmesplatz und erreichten nass, wie ertränkte Katzen, atemlos den Bus und erhielten von den Wartenden Applaus!

Natürlich applaudierten zwei Tage später alle auch dem Busfahrer, der sie sicher über Berg und Tal chauffiert hatte, durch enge Gassen und übervolle Autobahnen und dem Reiseleiter, der die Tour generalstabsmäßig geplant und durchgeführt hatte.

Jeder war erleichtert, die Strapazen so gut überstanden zu haben.

Frauchen war dankbar, dass sie die Gegenden noch einmal durchreisen durfte, die sie vor langer Zeit schon gesehen hatte.

Leider waren die wilden Mülldeponien vom Bus aus noch besser zu sehen, als damals von dem VW-Bulli.

Besonders schlimm war es in der Gegend von Murcia!

Von Umweltbewusstsein keine Spur!

Schade - meinte sie!

Spanien mit Hindernissen
Diese Tour verlief ohne Hindernisse, ganz im Gegensatz zu der Fahrt im geliehenen Bulli. Frauchens Bruder borgte ihnen unentgeltlich einen grün gespritzten, betagten, zum Wohnen und Schlafen hergerichteten VW-Bulli.
Die damalige Tour ging über die Schweiz, die berühmten Orte in Südfrankreich, über Nordspanien, die Costa Blanca, den Naturhafen Cartagena, über Granada, Cordoba, Sevilla und Malaga. Dort begingen sie ihre damals vierjährige Ehe mit einem Essen in einem Restaurant, das eine Terrasse über dem Meer hatte. Das hätten sie bei ihrem zweiten Aufenthalt in Malaga gerne wieder aufgesucht, fanden es jedoch nicht. So mussten sie sich, weil die Zeit wegen der längeren Suche drängte, mit einem Stück Kuchen aus der nächsten Bäckerei begnügen, bevor sie wieder in den Bus stiegen.
Vieles hatte sich in der Zwischenzeit verändert.
Aber das Wetter war schön wie in jenem September, als sie zum ersten Mal in Malaga waren.
Sie waren damals frühzeitig vom Campingplatz in Torremolinos aufgebrochen und vorbei

an Malaga in Richtung Norden gefahren. Sie hatten Cordoba schon lange hinter sich gelassen und gerade dachte Frauchen, dass sie in einigen Stunden im Meer baden könne, als der Bulli-Motor seinen Geist aufgab. Das Geräusch setzte aus, als ob jemand den Motor ausgestellt hätte. Herrchen konnte nicht mehr beschleunigen und rollte auf dem Seitenstreifen einer breiten, damals wenig befahrenen Straße aus. Neue Startversuche erwiesen sich als erfolglos. Außer einigen knackenden Geräuschen tat sich nichts im Motorraum.

Sie befanden sich inmitten weit ausgestreckter Olivenhaine und überlegten angestrengt, wann sie das letzte Haus gesehen hatten. Drei bis vier Kilometer lag es mindestens zurück! War da nicht sogar eine Tankstelle?

Frauchen kletterte die Böschung zu den Olivenplantagen hinauf, um Ausschau zu halten.

Ihr Schrecken vervielfachte sich, als sie zum Auto zurückkehrte und einen Motorradfahrer der Guardia-Civil sah, der um ihr Gefährt ging und die beiden Weitgereisten misstrauisch beäugte in ihren gebatikten Unterhemden und Jeanshosen.

Sie sahen wie gemäßigte Flower-Power

Kinder aus und das reichte im damaligen konservativen Spanien zur Hippiezeit! Kurz zuvor war auf Mallorca ein amerikanischer Großvater von der Guardia-Civil erschossen worden, der seine Enkeltochter vor der Polizei schützen wollte.
Spanien war damals noch keine Demokratie und scheinbar unterwanderten die ausländischen Blumenkinder die Staatsdisziplin, denn die totalitäre Regierung schlug mit voller Strenge zurück.
Meine beiden wurden jedoch nicht verhaftet, keines Olivendiebstahls bezichtigt, sondern nur scharf angeblickt.
Der Polizist verließ sie mit der Zusage, einen Mecanico zu schicken.
Sofort schlug Frauchens Laune um. Ihre Angst verwandelte sich in freudigen Optimismus!
Nach fast zwei Stunden kam der Abschleppdienst, nahm ihren Bulli an den Kanthaken; sie selbst stiegen ins Führerhaus.
Der Fahrer fragte im Verlaufe der etwa zwanzig Kilometer langen Strecke, ob sie verheiratet seien und wie viele Kinder sie hätten.
Verheiratet - vier Jahre - keine Kinder!
Er lachte sie aus! Er auch verheiratet - vier

Jahre - vier Kinder!

Internationale Verständigung
Mit den wenigen spanischen Worten, die die beiden kannten, wurde ihnen dennoch vieles klar gemacht.
Zum Beispiel auch, dass ihr Gefährt anscheinend doch kaputter war, als Frauchen sich einzureden versuchte.
In der Renault-Werkstatt konnte man ihnen nicht helfen. Sie schoben den VW an die Straße.
Die nächste VW-Werkstatt war im etwa fünfzig Kilometern entfernten Ort Jaen. Bis dahin wollte man den Wagen nicht schleppen.
Ein Stück oberhalb lag auf der anderen Straßenseite eine große Tankstelle. Dorthin liefen sie auf Hilfe hoffend.
Die gab es, wenn auch anders als gedacht.
Man schüttelte nachhaltig den Kopf auf die Bitte um Reparatur, als man begriff, dass der Wagen in der nahmen Renault-Werkstatt nicht instandgesetzt werden konnte.
Entweder dort oder nirgendwo sonst hier in der Nähe! Jedoch bastelten mehrere englische Studenten an einem ihrer beiden Jeeps.
Wie sich herausstellte, waren sie auf der Rück-

fahrt aus der Sahara, als an einem Fahrzeug ein Schaden an den Bremsen auftrat. Sie hatten jede Menge Werkzeug bei sich und bekamen die Reparatur hin.
Ganz sicher waren sie sich jedoch nicht, ob das Provisorium von langer Dauer sein würde.
Ja, sie würden den Bulli bis zu einer Kreuzung abschleppen, an der sie selbst in Richtung Norden weiter müssten, während Jaen mit der VW-Werkstatt entgegengesetzt lag.
Der Jeep mit der notdürftig reparierten Bremse schleppte den Bulli meiner Lieben durch die bergige Landschaft.
Einer der Saharafahrer stieg zu ihnen in den Fahrerraum.
Er wollte aufpassen, wann vom Zugfahrzeug signalisiert würde, dass dessen Bremsen ausgefallen seien.
Dann hätte Herrchen das gesamte Gespann abzubremsen, sah die Planung vor.
Zusammen waren sie stark!
Meine beiden mit der guten Bremse und die Engländer mit intaktem Motor. Der Konvoi durchfuhr in langsamem Tempo die sonnigen Berge und Täler.
Alles ging gut.
Die Bremse des Zugfahrzeuges hielt durch und

auch der Motor.

An der Abzweigung nach etwa zwanzig Kilometern fuhren sie auf einen gut einzusehenden Platz, entfernten das Abschleppseil, winkten „so long" und reisten gen Norden. Meine Lieben blieben zurück!

Frauchen machte erst einmal etwas zum Essen und Trinken. Danach hängte sie das Abschleppseil über die Schulter und klemmte den Autoatlas unter den Arm, stellte sich an den Straßenrand und winkte mit hochgestelltem Daumen in Richtung Süden fahrenden Autos zu.

Es waren nicht viele, die vorbeikamen und davon hatte kaum eines eine Anhängerkupplung oder sonstige Abschleppmöglichkeit. Eigentlich dauerte es gar nicht lange, bis ein Campingauto der Marke Fiat mit dänischem Nationalitätenschild ankam.

Frauchen hatte sofort das freudige Gefühl, dass ihnen die Dänen helfen würden.

Sie hatte sich getäuscht. Der Fiat fuhr vorbei! Sie schaute ihm enttäuscht nach und stellte fest, dass er keine Anhängerkupplung besaß.

Sie wartete auf das nächste Auto nach Jaen.

Es gab wenig Verkehr!

Jedoch kam nach kurzer Zeit der dunkelrote

Fiat-Campingwagen zurück, fuhr auf den Platz und ein junges Paar mit dreijährigem Töchterchen stieg aus.

Eine ungewöhnliche Begegnung
Bei meinen beiden war die Freude groß und sie wussten, dass die Dänen zurückgekehrt waren, um ihnen zu helfen. Sie sprachen gut deutsch, besonders die Frau.
Die sagte, dass sie zunächst nicht anhalten wollten, weil die vor ihnen liegende Wegstrecke ziemlich steil werden würde und sie fürchteten, dass der Fiat das Abschleppen nicht bewältigen könne.
Die Bedenken waren berechtigt! Auch VW-Transporter-Motoren waren zu jener Zeit schwach.
Aber schon, als sie das Nummernschild meiner Lieben zum ersten Mal erblickte, stieg in der Frau eine wohlige Vertrautheit auf, erzählte sie, denn sie hatte dreieinhalb Jahre in einem Metall verarbeitenden Betrieb unseres Ortes als Sekretärin gearbeitet und in der Grünstraße gewohnt.
Nein, solch ein Zufall!
Unser Hamm und die Dänin!
Die Grünstraße kenne ja sogar ich.

Sie ist schmal und an beiden Straßenseiten begrünt, verläuft schräg auf den Parkplatz des Finanzamtes zu, tangiert in der Verlängerung das nahegelegene Rathaus und endet am Tierpark.
In der Straße kann ich überall mein Hinterbeinchen heben!
Wenn wir spazieren gehen, bevorzuge ich diese Art des Urinierens.
Ich habe sie mir abgeschaut!
Als wir um den Aasee in Münster liefen und ein anderer Hund so vornehm pullerte, wusste ich, was ich fortan zu tun hatte.
Das gilt natürlich nicht für meinen Garten. Da hocke ich mich nach wie vor hin, wie Mädchen das nun einmal tun.
Die Dänin aus der Grünstraße führte weiterhin aus: Das vertraute Nummernschild allein war es nicht, das sie bewogen hatte, diese riskante Abschlepphilfe zu leisten.
Der Grund war erst einige Tage alt.
Das Ereignis geschah in Frankreich, wo sie mit ihrem Campingbus in einen Straßengraben rutschten. Es regnete, alles war matschig, die Räder drehten durch! Ihre kleine Tochter weinte! Ohne fremde Hilfe kamen sie nicht wieder auf die Straße.

Mehrere Pkw-Fahrer hatten inzwischen angehalten, schoben mit vereinten Kräften, beschmutzten sich die Schuhe und die Kleidung und bewegten das Fahrzeug nicht nennenswert weiter.
Es musste ein schweres Zugfahrzeug her!
Die Helfer machten den Dänen Mut, zum nächstgelegenen Bauernhof zu gehen und ihr Unglück zu schildern.
Daran hatten sie auch schon gedacht, sich aber wegen des Sonntags und des schlechten Wetters nicht getraut. Sie hätten lieber den Werktag abgewartet.
Schließlich taten sie, wie ihnen geraten wurde, schon wegen des Kindes, das sich auf der schiefen Ebene des Fahrzeugbodens nicht auf den Beinen halten konnte. Schlafen wäre durch die Schieflage auch sehr schwierig geworden im Graben dieser verkehrsreichen Straße.
Als sie an die Tür des Bauernhauses klopften, wurde ihnen freundlich geöffnet. Um einen großen Tisch saß eine vielköpfige Gesellschaft und trank Kaffee. Das ist kein guter Moment, dachte die Dänin und scheute sich zu stören und nach einem Traktor zu fragen.
Jedoch stand ein Mann mittleren Alters unver-

züglich auf, holte den Trecker aus der Remise und zog laut und stark den Fiat aus dem Graben.

Dass an dieser Stelle häufiger Autos zu bergen seien, erzählte der hilfsbereite Franzose noch und die Nord- und Mitteleuropäer trennten sich nach herzlichen Umarmungen!

Das Auto wies keinerlei Beschädigungen auf - abgesehen vom Matsch, der an allen Stellen klebte.

Diesem glimpflich verlaufenen Unfall, mehr noch den vielen Helfern, besonders dem Bauern, hatten Frauchen und Herrchen es zu verdanken, dass die Dänen sie bis Jaen schleppten.

Die über fünfunddreißig Kilometer Berg- und Talfahrt auf der Straße von Madrid nach Granada verlief ohne große Tiefschläge.

Mehrmals hielten sie an, weil das Kühlwasser des Fiats kochte.

Bei einer Rast erzählten die Dänen, dass sie sich auf dem Weg nach Nordafrika befanden, wo sie so lange umherziehen wollten, bis ihr Geld aufgebraucht sei. Daheim hätten sie ihren Hausstand aufgelöst, alle Ersparnisse zusammengenommen, sich das Campingmobil gekauft und hofften nun, ein Jahr lang durch

Nordafrika touren zu können.
In Jaen, vor der Garage Lopez, gab es wiederum Umarmungen zwischen Nord- und Mitteleuropäern. Nein, einladen durften meine Lieben die drei Hilfsbereiten nicht, weil sie an diesem Nachmittag noch ein Stück weiter kommen wollten.
Zum Abschied blieb danken und winken!

Jaen und seine Menschen
Es war kurz vor Betriebsschluss und so wurde erst am nächsten Morgen ermittelt, was dem zum Wohnmobil umgestalteten VW-Bulli fehlte.
Die Garage Lopez bestand aus einer großen Halle, in deren vorderem Teil die Werkstatt war. Der überwiegende Teil wurde als Parkhaus genutzt.
So stand der VW-Transporter gleich links neben dem Einfahrtstor.
Obwohl beide noch genügend Bargeld bei sich hatten, wollten sie sich kein Hotelzimmer nehmen. Sie konnten im Bulli schlafen, die Toilette der Werkstatt benutzen und sich an dem kleinen Handwaschbecken reinigen.
Es roch nicht allzu sehr nach Öl und Schmierstoffen!

Nachts saß ein Portier neben dem Eingang und gab Acht, wer hier ein- und ausfuhr.

Herrchen wurde krank. Die Aufregung und die Luft!

Am nächsten Morgen konnte er den Bulli nicht verlassen, an dessen Heckklappe fleißig montiert wurde.

Nach einer halben Stunde hatte man so viel ausgebaut, dass man sagen konnte, der „Piston" sei kaputt.

Damit konnten meine beiden Ahnungslosen nicht viel anfangen. Auch das intensive Betrachten des etwa zwei Quadratzentimeter großen, gezackten Loches auf dem runden Boden eines glänzenden, zylinderförmigen Teiles, von dem es noch drei heile gab, brachte keine weitreichenden Erkenntnisse.

Scheinbar war eines der Ventile abgerissen und hatte den Boden des Kolbens durchschlagen.

Das Loch war weder zu löten noch zu schweißen, bedeutete man meinen beiden Fernfahrern. Frauchen glaubte das nicht so richtig, erfuhr erst später, dass die Kolben eines Motors aus Aluminium oder einer Aluminiumverbindung bestehen und wirklich nicht zu löten sind.

Sie musste hier den Überblick behalten in der

Garache Lopez in Jaen, denn Herrchen war einfach krank.
Frauchen hatte Hunger, aber es fehlte Brot.
Sie zog los, um welches zu kaufen und auch ein Fremdwörterbuch - Spanisch/Deutsch!
Die ersten Schwierigkeiten entstanden bei der Suche nach Bäckereien!
Sie hätte Möbel in Hülle und Fülle erwerben können, jedoch fehlten Backwarenanbieter und Lebensmittelläden.
Sie hatte schon einen ganzen Teil der Stadt durchforscht, ihr Hunger steigerte sich ins Unerträgliche, sie dachte an Herrchen, der schon auf sie warten würde, konnte sich nicht vorstellen, dass man hier von Möbeln lebt und hätte am liebsten geheult.
Ihr fehlten Brot und Sprachkenntnisse!
Weiter in der City fand sie eine Tourist-Information.
Hier verstand man Englisch und war so freundlich, einen jungen Angestellten zum Brot- und Wörterbuchkauf mitzuschicken.
Inzwischen war es fast Mittag. Brot bekamen sie. Der Buchladen hatte bereits geschlossen.
Der junge Angestellte lud Frauchen noch zu einem Wein ein. Sie konnte dem nicht entgehen, weil er sie so nett bat und versprach,

sie in eine ganz spezielle Wirtschaft zu einem ganz speziellen Wein einzuladen. Sie dachte an den kranken Liebsten im grünen Bulli, hatte immer noch nichts gegessen und latschte zum Weintrinken.
Die Pinte wirkte übel! Alle an der Theke und dahinter schauten auf sie. Es gab Cherry, den sie damals noch nicht mochte. Er wirkte wegen des leeren Magens und der Hitze sofort. Ihre Situation erschien ihr gleich nicht mehr so trostlos! Sie registrierte kaum, dass alle erschrocken schauten, wenn ihr Begleiter den anderen Kneipenbesuchern erzählte, dass der „Piston" ihres Autos kaputt sei.
Frauchen trank ihr Glas Cherry aus, bat darum, ihr den Weg zur Werkstatt zu zeigen. Dort angekommen, war sie erfreut, dass es Herrchen schon etwas besser ging.

Die Arbeiten am Bulli waren eingestellt worden und es wurde eifrig mit Nordspanien telefoniert. In Vitoria gab es damals schon ein VW-Werk, das die entsprechenden Ersatzteile schicken sollte.

Die telefonische Verbindung war schwierig und kam oft überhaupt nicht zustande. Es wurde noch von Hand vermittelt und die wenigen Leitungen waren überlastet. Auf diese Weise dauerte ihr Aufenthalt in der Garage Lopez über eine Woche. Das Auto war inzwischen ein Stück zur Seite geschoben worden. Herrchen hatte seinen Schock überstanden und beide hatten genügend Zeit, sich mit der südspanischen Mentalität und Sprache auseinander zu setzen. Nach der dritten Nacht in der Werkstatt war Herrchen wieder fit und sie suchten den Buchladen auf, um ein Spanisch/Deutsches Wörterbuch zu erwerben. So konnten sie ermitteln, was „Piston" heißt. Dieses Wörterbuch gab es damals in Jaen nicht! Sie kauften ein „Diccionari Aleman/Espanol" und stellten fest, dass von „Piston" nichts zu sehen war! Sie waren verunsichert!

Der Buchhändler bemerkte ihre Betretenheit und agierte wortlos! Er telefonierte in einem angrenzenden Flur und bedeutete ihnen, sich nicht von der Stelle zu rühren. Es waren mindestens acht Gespräche, bis die Situation sich veränderte. Sein Gesicht entspannte sich, er lächelte, als er den Hörer auf das Gerät an der Wand hängte. Hurtig lief er zur Eingangstür und bedeutete meinen Lieben, ihm zu folgen.

Er begab sich eilends zu seinem im Hinterhof geparkten Auto, öffnete die Beifahrertür weit und bedeutete den Meinen einzusteigen.
Während er durch die engen Straßen Jaens brauste, dachte Frauchen darüber nach, ob dies eine Entführung sei. Dafür wäre sie gut genug gekleidet gewesen.

Für alle anderen Anlässe hätte ihr olivgrünes, gebatiktes Herrenunterhemd und ihre Jeanshose nicht ganz ausgereicht.

Herrchen hatte auch nichts Nobleres an.

Beide bewunderten die Fahrkünste des Buchhändlers und hatten Angst um jene Unbekannten, die ahnungslos aus ihrer Eingangstür treten könnten, an der er nur wenige Zentimeter entfernt vorbeizischte.
Es passierte nichts!
Die letzte enge Gasse öffnete sich zu einem kleinen Platz und er bremste.
Er begleitete sie in eine kleine Kirche.
Frauchen wirkte nach damaliger spanischer - Auffassung für solch einen Gang unangemessen, schulterfrei in ihrem Achselhemd, gekleidet.
Der Buchhändler geleitete sie links in ein geräumiges Zimmer, in dem eine Sitzgarnitur

stand und einige Möbel, die man einem Büro zuordnen konnte.
Sie wurden von einem gestrengen Pfarrer empfangen, der sie taxierte und Frauchen kam sich unter seinen Blicken noch unpassender gekleidet vor, aber er sprach deutsch.
Sicher konnte er mit einem Wort erklären, was ein „Piston" war und sie hätten diese nicht angenehme Situation überstanden.
Aber es dauerte länger.
Der Buchhändler war schon abgefahren.
Der gestrenge Parroco hieß Emilio, war nur etwas älter als Herrchen und fragte die beiden aus, wie alt und ob sie verheiratet seien.
Sie hatten ihre Eheringe zu Hause gelassen.
Jetzt wäre es gut gewesen, sie hier zu haben.
Nicht einmal Kinder hatten sie!
Leider konnte er das fragliche Wort nicht übersetzen, zeigte seinen Besuchern Abbildungen von Motoren in Kraftfahrzeugbüchern, versicherte, dass er sehr genau wisse, um welches Teil es sich handelte, nur der deutsche Ausdruck war ihm nicht geläufig.
Nachschlagen in weiteren Wörterbüchern gab auch keine Klärung. Um die Angaben meiner beiden zu überprüfen, griff er zum Telefon und rief die Werkstatt an.

Aha, wenigstens stimmten ihre Angaben!
Er wirkte leicht beschämt, als er ihnen erklärte, dass Touristen sich öfter in Notsituationen an ihn wenden würden, weil sie glauben, die spanische Kirche sei reich. Früher traf das auch zu, jedoch sei die finanzielle Situation längst nicht mehr gut. Die Bittsteller würden von dem Prunk der Altäre und den Prachtbauten irregeführt.
Er gäbe immer etwas, egal, ob er den Bittstellern glauben würde oder nicht.
Meine Lieben wollten kein Geld und übersetzen konnte er nicht.
Jedoch half er ihnen in den folgenden Tagen die Zeit zu zerstreuen.
Er hatte noch eine Woche Ferien und sie hatten sehr viel Zeit.
So zeigte er ihnen die Umgebung von Jaen, führte sie in die Familien seiner Verwandten ein und seines Freundes, der Pfarrer am Domkapitel war und machte sich Sorgen wegen ihres Schlafplatzes in der Werkstatt.
Irgendwie begriffen meine Lieben, dass er sehr nett war.
Im Verlaufe der Wartetage, wenn sie morgens ihren Kaffee auf der Terrasse einer Gaststätte tranken, deren Ober mit großer Geste

Geldstücke von geringem Wert auf den Boden warf, die regelmäßig ein alter Schuhputzer aufsammelte, oder auf ihren Gängen durch die Stadt wurden sie mehrmals von Leuten in ihrer Sprache angeredet.
Irgendwie fielen sie hier auf.
Ihre Gesprächspartner waren Gastarbeiter auf Heimaturlaub oder eine in Hamburg verheiratete Spanierin, die sie nach dem Grund ihres Aufenthaltes in Jean befragten und die ihnen, wenn auch in geringerem Umfang wie Emilio, über die Wartezeit von ungewisser Dauer hinweghalfen.
An einen der Deutschkundigen erinnert sich Frauchen ganz genau. Er arbeitete in Deutschland und besuchte seine Frau und Kinder. In die Werkstatt Lopez war er gekommen, um einen Termin für eine Autoreparatur abzustimmen.
Nur kurz würde er von zu Hause weg sein, da er am Nachmittag seine Frau aus seinem Dorf abholen und zu einem Prüfungstermin bringen musste. Sie würde an diesem Tag ihr Examen als Krankenschwester abzulegen haben und er würde sie ganz bestimmt pünktlich chauffieren!
Ob das geklappt hat, wissen wir nicht.

Wenn ja, wird er mit überhöhter Geschwindigkeit gefahren sein müssen, denn er wartete bis zum letzten Moment in der Garage Lopez auf den telefonischen Rückruf des VW-Werkes aus Vitoria.
Er drückte deutlich aus, dass er befürchte, man könne die beiden Bullifahrer übervorteilen. Er wollte selbst mit dem Werk in Nordspanien telefonieren.
Frauchen dachte an seine Frau, die sicher wegen des Examens aufgeregt sein würde. Bestimmt hat das Warten auf ihren Mann die Nervosität noch verstärkt. Telefonisch konnte er sie nicht verständigen, da er zu Hause keinen Telefonanschluss besaß. Er wartete bis zum letzten Drücker auf das Telefonat aus dem Norden Spaniens, um den Fremden zu helfen. Natürlich erfolgte an diesem Nachmittag kein Anruf und auch an den folgenden Tagen nicht.
Nach einer Woche hatten sie immer noch keine Ersatzteile und so brachte die Freundin von Frauchens Bruder in riskanter Fahrt Hilfe aus Deutschland.
Seit dieser Panne ist Frauchen Mitglied eines Automobilclubs. Sie besitzt schon seit einiger Zeit eine goldfarbene Mitgliedskarte. Gottlob brauchten wir in kleineren Kraftfahrzeug-

angelegenheiten nur noch drei Mal Hilfe in all den Jahren.
Aber sicher ist besser!
Bei ihrer ersten Andalusientour war der Aufenthalt in Jaen nicht eingeplant und bei der zweiten ließ er sich nicht einplanen

Unser Alltag
Als der Reisebus auf dem Rückweg durch Nordspanien fuhr, setzte der Regen ein. Die Landschaft wirkte grau und matt und gab einen Vorgeschmack auf unser Oktoberwetter.
Schon, als sie noch auf der Straße waren, erkannte ich, dass sie es sein mussten!
So klappert nur Frauchens Schlüssel!
Die Stimmen passten auch. Ich hatte Recht, sie waren es! Mein Herz schlug wild.
Ich freute mich riesig, beide wieder zu haben.
Ich sprang an ihnen hoch, nieste vor Erregung und hustete.
Obwohl Kathrin sich die erdenklichste Mühe mit mir gegeben hatte, mich streichelte und ein besonders gutes Leckerchen kaufte, weil mir zeitweise der Appetit vergangen war bei dem vielen Warten und Traurigsein, war die Zeit ohne meine Lieben trostlos. Natürlich hatte ich Angst, sie nie mehr wiederzusehen.

So etwas hatte ich noch nie erlebt! Immer war ich mitgenommen worden! Bei allen längeren Fahrten war ich dabei. Damals in Nordspanien, dann mehrfach in Kellenhusen in der Wohnung mit Hundeverbot!
Als wir eine Butterfahrt unternahmen, war ich im Bus ganz lieb und machte auch keinen Mucks auf dem nach Dieselöl stinkenden, dröhnenden Schiff! Immer war ich einbezogen worden und habe mich meistens gut benommen! Wie oft ich in Istrien war, weiß ich schon gar nicht mehr.
Mit mir kann man sich bestimmt sehen lassen!
Darum verstehe ich nicht, warum sie mich dieses Mal zu Hause ließen!
Sie wollten mich wohl schonen, weil ich nicht mehr ganz jung bin!
Sie selbst sind es auch nicht mehr!
Was soll das für ein Schonen sein, wenn ich, statt mich an den Reiseeindrücken und anderen Menschen und Hunden zu erfreuen, missmutig in meinem Körbchen liege und auf jedes Geräusch achte?
Mir bricht das Herz vor Kummer und sie nennen das „schonen". Eine solch krasse Fehleinschätzung meiner wirklichen Bedürfnisse habe ich in all den vielen Jahren hier

noch nie erleben müssen.
Um so erleichterter war ich, als ich ihre Stimmen vor der Haustür hörte und sah, wie sich die Tür öffnete.
Vor Freude rang ich nach Luft.
Natürlich wich ich ihnen nicht mehr von der Seite und sie kraulten mich ausgiebig.
Beide freuten sich auch sehr, mich wieder zu haben. Ich merkte es deutlich!
Ihre Freude war echt!
Sicher haben sie mich in der ewig langen Zeit auch vermisst! Das zu erkennen, tat mir gut.
Bestimmt haben sie sich jeden Tag gefragt: Was mag unsere Jenny wohl machen? Und wenn sie mit Kathrin telefonierten, galt ihre erste Frage mit Sicherheit meinem Wohlergehen. Davon bin ich fest überzeugt!
Ganz sicher haben sie auch unter meiner Abwesenheit gelitten. Das hätte jedoch nicht sein müssen, wäre ich mitgenommen worden!
Aber sie wollten mich ja schonen!
Es wurde ziemlich viel gewaschen und Frauchen telefonierte eine Menge.
Gustav und die Hühner litten nicht unter dem Trennungsschmerz. Eier gab es jedoch schon lange keine mehr.
Bestimmt fühlten sich allesamt im Gehege

unwohl wegen der Ratten.
Hühner sind sehr sensibel und reagieren auf Störungen unmittelbar, meistens mit Legeverweigerung. Das habe ich zumindest beobachtet.
Und die Ratten waren wirklich schlimm!
Während meiner Blütezeit habe ich nicht lange gefackelt, wenn sich eine vom städtischen Grundstück zu uns herüber verirrt hatte, aber jetzt war ich nicht mehr so schnell, sodass ich mir wenig Chancen gegen die Ekelviecher ausrechnete.
So konnte ich nur erschnüffeln, wo sie durchgekommen waren.
An der Ecke zum Neubau, an dem wir an die Kanalisation angeschlossen sind, gibt es auf der anderen Seite unseres hohen Holzzaunes verschiedene Tunnel, die in einem Gang auf unserer Seite enden. Zu sehen ist er bei uns nur schwerlich, denn eine Betonplatte verdeckt die Öffnung fast.
Aber, als Frauchen, durch mein Verhalten aufmerksam gemacht, die Platte hoch hob, erschrak sie, zog sich Gummihandschuhe an und stäubte ein lilafarbenes Pulver in den Rattengang, ließ die Platte darüber plumpsen und hoffte, dass das Gift trotz seines großen

Alters noch wirkungsvoll sein möge
Das lila Pulver blieb unberührt, wie Frauchen sich wieder und wieder vergewisserte.
Jedoch schienen durch diesen Gang keine Ratten mehr zu schlüpften, waren wir uns sicher!
Diese Erkenntnis hatte zur Folge, dass sich die Ratten, die ich und die anderen öfter sahen, bei uns oder bei unserem Nachbarn auf der anderen Seite eingenistet hatten.
Ich roch natürlich sofort, wo sie sich aufhielten - in unserem Kompost und unter der dicken Betonplatte des Hühnerhauses. Besonders an der letztgenannten Stelle waren sie für mich unerreichbar, denn ich darf nicht zu unserem Federvieh, weil es in der Vergangenheit Berührungsmissklänge gegeben hatte.
Also blieb mir nur die passive Rolle des Beobachters!
Dafür wurde Frauchen aktiver!
Sie räumte den Geräteschuppen auf!
Dort gab es einige Hinweise auf einen möglichen Aufenthalt der Nager.
Die Arbeit war vergeblich, denn die Exkremente waren auf der Durchreise verloren worden. Wirklich dauerhaft hatte hier keine Ratte gelebt, das wusste ich, konnte Frauchen

jedoch nicht überzeugen.
So wühlte sie weiter, schmiss raus und sortierte wieder ein, legte rosarote Haferflocken aus, versah eine Falle mit Speck und stülpte eine Holzkiste darüber.
Es duftete appetitlich aus den Löchern der Kiste, aber ich durfte nicht an die Köstlichkeiten!
Herrchen brachte aus einem Baumarkt, an dem er auf dem Weg zur Arbeitsstelle vorbei kam, zusätzlich drei neue Rattenfallen mit, so konnten wir mit unseren alten beiden dem Problem stoßkräftig begegnen.
Auf und neben dem Kompost, im Hühnergehege und unter dem Faltwohnwagen unter Kisten versteckt lauerte die tödliche Gefahr in Gestalt von Fallen und lila und rosarotem Gift!
Mehrfach hatten wir Erfolg mit den unterschiedlichen Tötungsmethoden.
Die neuen Fallen waren, gemessen an den alten, eher wirkungslos.
Eine alte schlug so kräftig zu, dass die Ratte, aber auch die Falle selbst unwiederbringlich erledigt waren, sie hatte sich sozusagen bei der Ausübung ihrer dienstlichen Pflichten selbst zerstört und unbrauchbar gemacht.
Die zweite alte Falle ist nicht mehr stark

genug, um die Tiere unter dem Schlagbügel einzuklemmen. Sie können sich daraus befreien, liegen dann aber ein Stückchen weiter leblos umher. Ich darf mich jedoch nicht mit ihnen befassen.
Eine Ratte hatte sogar einen dreifachen Tod!
Herrchen sah sie reglos auf der Seite liegen, als er eine Schüssel auf dem Kompost entleeren wollte. Durch die Geräusche seiner Schritte geweckt, bäumte sie sich auf, setzte sich zitternd hin und schaute ihn aus trüben Augen an.
Er lief rasch zum Geräteschuppen, fand auch sofort eine große Schaufel und haute der Ratte die Schippe auf den Kopf. Dabei muss er an das Stück eines Kantensteines gestoßen sein, das dort noch von einer Baumaßnahme angelehnt stand. Der Stein stürzte auf die Ratte und begrub sie zur Hälfte.
Vergiftet, erschlagen, zermalmt!
Ich habe sie früher immer nur gebissen!
An diesem Tag gab es auch eine dreifache Beerdigung.
Zunächst einmal die dreifach getötete Ratte, dann eine vergiftete Spitzmaus und leider auch die eines Rotkehlchenmännchens.
Es war in die Kiste unter dem Wohnanhänger

und hier wiederum in die Rattenfalle gelangt!
Als Frauchen Herrchens tiefe Bestürzung über den Tod des Rotkehlchens bemerkte, schimpfte sie, diese Situation dauere schon viel zu lange an! Es müsse schneller und gezielter bekämpft werden.
Zu diesem Zweck schichtete sie am darauf folgenden Tage den Holzschuppen um. Ich verzog mich in mein Körbchen, da die Gefahr bestand, dass ich von den kürzeren oder längeren Holzstücken, Bohlen und Brettern getroffen werden könnte, die hin und her geworfen und gestapelt wurden.
An einer besonders unzugänglichen Stelle fand sie den mumifizierten Körper eines seit eineinhalb Jahren verschwundenen Huhnes, das seit dem Überfall von Steinmardern unauffindbar geblieben war. Damals waren fünf Hühner auf einmal getötet worden und nur das alte, weise Huhn Gundula und der unter Schock stehende Gustav überlebten.
Der harte Körper war festgeklemmt im Holz. Die Federn sahen noch gut aus.
Das musste ein Duft gewesen sein für alle Ratten der Umgebung.
Ich roch es ja auch! Zuerst intensiv verlokkend, dann immer schwächer werdend - bis

zuletzt nur noch die Erinnerung an diese Köstlichkeit blieb.
Ich kam nicht an den Leichnam, die Ratten scheinbar auch nicht, sonst wäre er nicht so vollständig aufgefunden worden. Er wurde nicht bestattet, sondern in den Abfalleimer geworfen.
Frauchen sorgte im Verlaufe der Monate, während der wir alle gemeinsam mit Tricks und Listen die Ratten bekämpften, auch für einen äußerst ungewöhnlichen Todesfall.
Natürlich hatten sie oft die Hoffnung, dies sei der allerletzte Schädling auf unserem Grundstück gewesen. Kurze Zeit später sahen sie sich arg getäuscht.
Wir beobachten, wie schnell die Ratten die Gefahr erkannten und entsprechend reagierten. Wenn sich eine an dem lila Kontaktgift in einem Gang vergiftet hatte, verschloss sie ihn mit Erde, um ihre Mitbewohner zu warnen.
Es war ein Katz- und Mausspiel! Frauchen ekelt sich ja, wie ich schon lange weiß, ungewöhnlich stark vor Ratten und hat Angst vor ihnen.
Als sie an einem wunderschönen, sonnigen Herbstsonntagmorgen am Frühstückstisch saß und zu den Hühnern hinausschaute, bemerkte

sie zu ihrem Entsetzen wieder welche. Es schienen zwei zu sein, die unentwegt Körner sammelten.
Sie legten fleißig Vorräte an. Vermutlich würde das Wetter bald kälter werden.
Frauchen stand wutentbrannt auf, zog sich eine warme Jacke an und beobachtete das Geschehen im Hühnergehege.
Ungeniert hüpften zwei Ratten umher, schienen das schöne Wetter zu genießen und bunkerten Vorräte für schlechte Zeiten ein.
Sie liefen seitlich des Hühnerhauses vorbei, turnten auf dem Mäuerchen des Nachbarzaunes entlang bis zu unserem Kompost und verschwanden darin.
Frauchens Angst und Ekel schlug in Wut um.
Sie ergriff ein langes Stück eines Kupferrohres und stieß es immer wieder in den Komposthaufen.
Sie war außer sich!
Nach diesem Anfall kam sie zu uns herein und kommandierte Herrchen nach draußen.
Er murrte!
„Egal, ob heute Sonntag ist. Andere joggen oder schwitzen in der Muckibude, selbst Ex-Präsident Clinton joggt auch sonntags! Wir nehmen heute den Kompost auseinander! Zieh

dich um!"
Herrchen tat es widerwillig.
Ich lief freudig mit nach draußen.
Sie verteilten den Kompost auf dem Rhabarbabeet und anderswo. Die morschen Pfosten und Bretter des von Herrchen vor Jahren errichteten Kompostgerüstes waren mit wenigen Schlägen auseinander.
In dem Teil des geräumigen Kompostes, den Frauchen mit dem Kupferrohr immer wieder wutentbrannt durchstochen hatte, entdeckte er eine tote Ratte.
Sie war noch frisch und man sah keine äußeren Verletzungen. Sie verstopfte den Fluchtweg für die zweite, die ihnen bei dem weiteren Graben entgegensprang.
Frauchen schrie und ich erschreckte mich. Herrchen auch! Alle konnten erkennen, warum sich die Ratten im Kompost aufhielten, der nicht nur warm ist, sondern im höchsten Maße fleischhaltig. Tausende von Kompostwürmern sorgten für ein besonderes Leckerchen zusätzlich zum Hühnerfutter.
Aber die in höchster Not geflüchtete Ratte sollte nicht die einzige sein, wie wir fortan beobachten konnten.

Von wilden Fahrten und Tieren
Damit Frauchen sich ablenken kann von Ekel, Ärger und Arbeit wegen des Ungeziefers, aber auch einfach grundlos, unternehmen meine Lieben immer häufiger Ausflüge und lassen mich einfach bei Kathrin zurück!
Als sie von einem dieser Tagesausflüge zurückkehrten, sagte Frauchen: „Nach dem herrlichen Krokodil sollte ich heute überhaupt nichts mehr essen!" Eigentlich wollten die Meinen nach Dortmund zum Pferderennen und sie glaubten, dass ich dort nicht willkommen sein würde oder mich zu sehr aufregen könnte wegen meines Jagdtriebes. Also ich blieb bei Kathrin und Markus, was seit deren Einzug bei uns immer häufiger geschieht.
Kathrin hatte Frauchen die Karten zum Geburtstag geschenkt, nachdem diese einmal maulte, dass sie sich seit einigen Jahrzehnten den Besuch einer Rennbahn wünsche, die Umsetzung aber irgendwie nie geklappt habe.
So surfte Kathrin im Internet, erhielt Karten und eine Terminübersicht.
Das Rennen am 1. November wollten sie besuchen. Es war ein sonniger und fast warmer Tag.
Zunächst fuhren wir auf den Friedhof und

Frauchen zupfte am Tannengrün herum und steckte an manchen Stellen noch etwas nach. Dann zogen sie sich schick an und ich blieb daheim.

Sehr früh waren sie nach Dortmund aufgebrochen, um noch, wenn möglich, auf der Rennanlage Mittagessen zu sich zu nehmen und rechtzeitig zum Rennbeginn dort zu sein. Als sie die Rennbahn erreichten, stellten sie fest, dass ihnen das voll gelungen war!

Sie waren mit einem weiteren Besucher die einzigen Gäste. Natürlich sprach Frauchen den an und er sagte, er habe gerade gelesen, dass das Rennen erst um achtzehn Uhr starten würde. Er sei sehr überrascht, hätte vermutet, dass es am frühen Nachmittag losgehen würde und leider die Terminübersicht nicht gründlich gelesen. Genauso ging es meinen beiden. Zu Essen gab es dort auch nichts und so änderten sie ihr Programm und fuhren in den Westfalenpark.

Der Gedanke an das Restaurant des Fernsehturmes stimmte sie fröhlich.

Sie wanderten durch den herbstlichen Park, fuhren einhundertdreiunddreißig Meter hoch, bekamen zwei Fensterplätze, studierten die Karte und Frauchen wurde fündig in der

Abteilung „Aus fernen Kontinenten."
Sie wählte nicht Straußen- oder Kängurufleisch, sondern entschied sich für Krokodilfilets mit Meeresfrüchtensauce, rotem Pfeffer, Brokkoligemüse und gelbem Reis.
Es habe sehr schön ausgesehen, erzählte sie und schwärmte von dem herrlichen Geschmack. Und da sie diesen Tag zu einem besonderen erklärt hatte, trank sie einen trockenen Weißwein zum Krokodilbraten. Sie genoss es, dabei langsam über Dortmund gedreht zu werden.
Anderen Besuchern, die kurzfristig an Frauchens und Herrchens Tisch Platz genommen hatten, war das Drehen unbekömmlich. Die Frau sagte, ihr würde übel und essen würde sie hier sowieso nichts können.
Frauchen signalisierte Verständnis und erzählte der Fremden, dass sie vor zwei Tagen in Werne auf Simjü war und Karussell gefahren sei und ihr dabei ebenfalls flau und angstvoll wurde.

Es geht rund
Natürlich waren die Umdrehungen des Fernsehturmes mit der Fahrt in der „Wilden Maus" oder wie immer das rasende Gefährt

geheißen haben mochte, nicht zu vergleichen.
Früher, so sagte Frauchen, sei sie gern mit der „Fahrt zum Mond" gestartet. Die besonders schnellen Fahrtanteile wurden über Mikrofon angekündigt: „Jetzt fahren wir wieder schtimbo, schtimbo, schtimbo!" verriet eine weibliche Stimme.
Das Fahrgeschäft in Werne war ein Mischung aus „Fahrt zum Mond" und „Raupe" und Frauchen traute sich.
Soweit ich mich erinnern kann, war es das erste Mal, dass sie solch eine tollkühne Fahrt unternahm.
Herrchen und ich blieben abseits stehen. Ich ließ sie jedoch nicht aus den Augen, obwohl der Krach ohrenbetäubend war und der Wind der rasenden Wagen mich irritierte.
Ich sah Frauchen in kurzen Abständen an uns vorbei sausen. Ihr Gesichtsausdruck wirkte verkniffen.
Es schien, als wolle sie lächeln. Es misslang! Ihre nur zur Hälfte geschlossene Jacke blähte sich auf und die Kapuze wehte. Sie hielt sich am vorderen Sicherheitsbügel und an der Chromstange der Rückenlehne fest. Niemand kündigte an, dass die Fahrt noch schneller würde, aber ich spürte es und Frauchen tat mir

leid.
Hoffentlich bleibt sie mit ihrer Kapuze nicht irgendwo hängen! Offensichtlich hatte sie keine Hand frei, um ihre Jacke weiter zu schließen. Sie jagte an mir vorbei und ich hoffte, dass sie nicht vergessen hätte, sich Watte in die Ohren zu stecken, sonst reagieren ihre empfindlichen Hörorgane bestimmt wieder böse auf den Windzug.
Endlich wurde die Fahrt langsamer und ich spürte ihre Erleichterung, weil sie nun aussteigen konnte, als es wieder schneller rund ging. Sie wirkte noch angespannter als zuvor.
Als die Raserei endlich abgebremst wurde, kletterte sie wackelig aus ihrem Wagen.
Ich spürte, dass sie leicht zitterte, als sie sagte: „Das ist wohl doch nichts mehr für mein Alter. Zu Beginn dachte ich, die Salzgurke kommt wieder hoch!" Das wäre pure Verschwendung, denn sie hatte sie erst zuvor an einem Gurkenstand gekauft! „Aber dann", fuhr Frauchen fort, „fürchtete ich hinausgeschleudert zu werden. Das war vielleicht schnell! So hatte ich es bestimmt nicht mehr in Erinnerung! Oder fahren die jetzt schneller als früher?" Wir streiften an diesem Vormittag über den nur mäßig gefüllten Simjü-Markt.

Um ihrem Magen etwas zu bieten, aß Frauchen Schaschlik und behauptete, diesen Geschmack seit einer Ewigkeit nicht mehr erlebt zu haben. Als sie mir kleine Stückchen herunter warf, spürte ich, dass ihre Hand immer noch leicht bebte.
Trotzdem schoss sie anschließend ganz respektabel - ohne aufzulegen. Zielen, Atem anhalten, abdrücken - zehn Schuss, fünf Treffer, fünf Federwedel.
Geschossen hat sie auch vor mindestens fünfzehn Jahren das letzte Mal und so ging der erste Schuss voll daneben, weil sie die Kimme nicht richtig sah. Ihre Lesebrille sorgte für den anschließenden Erfolg, wobei ich das Gefühl hatte, dass der Schießbudenbesitzer lächelte, als Frauchen ihre Sehhilfe hervorkramte und frei stehend zu schießen begann. Bei ihr reifte jedoch der Entschluss, bei nachfolgenden Kirmesbesuchen regelmäßig zu schießen, Schaschlik zu essen, jedoch wilde Fahrten zu vermeiden.

Goldener Oktober
Einige Zeit vor Simjü ließen sie mich häufig allein bei Kathrin. Sie luden die Klappräder ins Auto und gaben Gas.

Anscheinend muten sie mir keine längeren Radtouren mehr zu! Sie machten Seehopping!
Sie fuhren die Strecken um den Halterner Stausee, die Sorpetalsperre, den Hennesee und die Möhnetalsperre. Meistens packten sie zuvor Proviant und Getränke ein, machten Picknick, aßen Eis und unternahmen Schifffahrten.
Bei der Radtour um das Hevebecken der Möhnetalsperre hatten sie auf Verpflegung verzichtet, weil sie in ein Restaurant einkehren wollten, das Frauchen wegen der dort herrschenden, besonderen Stimmung sehr liebt.
Ich war auch schon dort und es gefiel mir.
Gewöhnlich gibt es während der Saison keinen Ruhetag, aber es war Nachsaison und Montag. Nicht nur dort, sondern auch weitere Restaurants und das „Brückencafe" waren geschlossen. So fuhren sie nach der Radrundfahrt mit dem Auto nach Körbecke und suchten ein Restaurant auf, in das Frauchen schon immer einmal wollte, da es sehr ansprechend wirkt.
Es hatte geöffnet.
Als sie es betraten, bemerkten sie, dass ihre Kleidung dem eleganten Ambiente der Räume nicht entsprach, aber sie waren die einzigen Gäste, weil es inzwischen schon kurz vor der

Kaffeetrinkenszeit war.
Ein Blick in die Speisekarte verschlechterte Herrchens Laune, keine große Auswahl aber gehobene Preisklasse.
Er wirkte knurrig!
Das spürte nicht nur Frauchen, sondern offensichtlich auch die Bedienung, als sie die Bestellung entgegen nehmen wollte.
Herrchen war nach dem Studium der Speisekarte scheinbar der Appetit vergangen - wobei es so teuer nun wirklich nicht war! Er konnte sich nicht entscheiden.
Frauchen war auf der Fischkarte fündig geworden. Sie wählte Wallerfilet, von dem sie mit Sicherheit wusste, dass sie es noch nie gegessen hatte. Wallerfilet in Salzmantel mit gedünstetem Gemüse, darüber eine feine Rahmsauce und Kartoffeln!
Herrchen wirkte immer noch so, als wolle er gleich aufstehen, als Frauchen ihm riet:
„Nimm doch die Lasagne!"
Dies war das preiswerteste Gericht und er stimmte missgelaunt zu.
Sie waren überrascht, als ihnen als Vorspeise eine köstliche Cremesuppe mit Sahnehaube gereicht wurde.
Die gehörte nicht zu ihren Gerichten.

Die Bedienung war besonders zuvorkommend und langsam kriegte sich Herrchen wieder ein.
Ich empfinde es jedes Mal als peinlich, wenn man ihm seine schlechte Laune anmerkt. Frauchen scheint das nicht zu stören, denn sie zeigt sich davon wenig beeindruckt. Scheinbar fürchtet sie, dass er, wenn sie stets nachgibt, zukünftig seine miesen Stimmungen noch mehr zeigt, um seinen Willen durchzusetzen.
Sie überspielt ihre seelischen Unausgeglichenheiten besser als er.
Inzwischen hatte sich Herrchen mit der Situation im edlen Restaurant in Körbecke abgefunden und beide waren erstaunt, als ihnen schon optisch sehr ansprechende Salatteller gereicht wurden. Frauchen begann zu lachen, dezent, der Umgebung angepasst, weil sie erkannt zu haben glaubte, dass Herrchens Unwille zu dieser besonderen Leistung des Hauses geführt hatte.
Die Lasagne war wohlschmeckend.
Und erst das Wallerfilet mit Drumherum!
Köstliches, saftiges Fleisch mit einer so hauchzarten Kruste, dass sogar Herrchen sich fragte, wie sie zustande gekommen sein mag, als Frauchen ihm ein Stückchen der üppig bemessenen Fischköstlichkeit überließ.

Wirklich ungestört hätte sie genießen können, hätte da nicht von Anfang an die Frage im Raum gestanden, ob Waller eine andere Bezeichnung für Wels ist.
Sie wusste es nicht ganz genau.
Die Dicke der Stücke ließ auf einen sehr großen Fisch schließen. Auch der an manchen Stellen eher zu erahnende, leicht modrige Geschmack könnte ein Hinweis auf den Lebensraum eines Welses sein.
Nun ist es nicht so, dass Fraucher Welse zu verspeisen generell ablehnen würde, aber sie konnte die Geschichte nicht verdrängen, die sich vor einiger Zeit in Mönchengladbach ereignet haben soll. Sie ging durch alle Medien und machte tagelang Schlagzeilen: Riesenwels fraß kleinen Dackel!
Berichte über einen Dackel fressenden Raubfisch sorgen für Volksaufläufe im Mönchengladbacher Park! Schließlich wurde es eine Frage der Ehre, den „Mörderwels" zu angeln und Obdachlosen zu servieren. Inzwischen hieß der „Killerwels" Kuno und narrte die Angler.
Ob die Öffentlichkeit mit der Geschichte selbst genarrt wurde, weiß ich bis heute nicht. Ich habe den Fernsehbericht gesehen, in dem eine

Spaziergängerin völlig aufgelöst diese erstaunliche Geschichte erzählte. Sie sei im Park spazieren gegangen, als sie eine ältere Frau klagen hörte. Die berichtete, ihr Dackelwelpe sei gerade im flachen Wasser des Teiches von einem riesigen Fisch fortgerissen worden. - Nein, selbst gesehen hatte die Spaziergängerin die Entführung des Jungtieres nicht und die ältere Frau, deren Hund angeblich vom Wels gefressen worden war, meldete sich in der Folgezeit auch nicht. Aber Kuno setzte in großen Scharen Schaulustige in Bewegung, ließ sich selbst jedoch nicht blicken.

Mir fiel zu dem Thema Hundeverzehr ein, dass dieser erst kürzlich per Gesetz von Taiwans Parlament verboten worden war und Fleisch und Fell von Hunden und Katzen nur für „wirtschaftliche Zwecke" verwendet werden dürfen. Mich bewegte die Frage, ob der traditionelle Hundefleischkonsum, immerhin in vielen Gegenden eine gelobte Köstlichkeit, nicht auch wirtschaftlichen Zwecken gediente? Killerwels Kuno mag von dem Hundefleischverzehrverbot nichts gewusst haben, falls er den Welpen überhaupt verschlungen hatte. Die Frage nach der Verdaubarkeit des Welpenfelles stellte sich mir und Frauchen ebenso.

Diese Gedanken bewegten sie beim Verzehr des Wallerfilets nach der Radtour um einen Möhnetalsperrenarm. Sie ließ ihnen nicht allzuviel Raum, weil ihr Wissen um die Namensgleichheit von Wels und Waller nicht gefestigt war. Sie verbot sich, ihre aus der Neugier erwachsene Entscheidung zu bereuen. Das wäre schon wegen des köstlichen Geschmackes, wegen Herrchen und des Preises undenkbar gewesen.

Der Namensgleichheit ging sie zu Hause auf den Grund und las: Wels - Waller - Weller - Silurus glanis - Süßwasserfische mit breitem, plattem Kopf, Bartfäden und nackter Haut (manchmal mit Knochenschildern gepanzert). Die Bezahnung der kräftigen Kiefer deutet auf ihren räuberischen Nahrungserwerb hin. Einer der größten Fische Europas, der bis zu drei Metern lang und bis zu zweihundertfünfzig kg schwer werden kann. Er lebt am Boden der Gewässer. Nur die kleinen Welse sind schmackhaft.

Beim Verzehr des Krokodilfilets im Turmrestaurant des Dortmunder Florianturms ließ Frauchen Fragen nach den Fressvorlieben dieser Tiere erst gar nicht zu.

Sie genoss an diesem schönen Herbsttag die Weitsicht über die Stadt bis ins Sauerland hinein und die Köstlichkeiten aus fernen Kontinenten.

Nach dem missglückten Pferderennbahnbesuch mit kulinarischem Genuss auf dem Floriansturm wurde es kalt.

Der Teich fror zu.

Kurze Zeit später lag hoher Schnee und wir machten eine lange Wanderung.

Winterimpressionen
Vier Stunden lang stapften wir durch den fast knöcheltiefen Schnee und genossen die eigentlich ganz schöne Umgebung unseres Ortsteils.

Wenn wir über den neuen Marktplatz am Bürgeramt vorbei durch einen Park, dann eine lange, gerade Straße entlang laufen, ein kleines Gewerbegebiet durchqueren, sind wir in den Feldern, die zu einem Hügel ansteigen.

Trotz des frühen Sonntagmorgens rodelten schon viele Kinder. Ihre Eltern standen abseits und unterhielten sich.

Wir beobachteten ein Rudel von neun Rehen. Ich wurde unruhig und wäre gern hinterher, aber die Entfernung war sehr weit und meine

Leine verhinderte eine Jagd!
Am Schloss vorbei wanderten wir durch die sanfte Landschaft zu einem Naturschutzgebiet auf einer weiteren Anhöhe.
Ich hatte wundervolle Ausblicke auf Hamm und konnte bis zum Haarstrang schauen.
Das sind schon erhabene Momente in einem Hundeleben!
Vorbei an vielen Rodlern ging es bergab zurück zu meinem Körbchen.
Ich sehnte mich mittlerweile schon danach.
Als ich noch jünger war, lief ich spielend die dreifache Strecke neben Herrchers Fahrrad, aber jetzt werde ich immer kurzatmiger. Ich glaube, ich muss langsam beginnen abzunehmen.
Es ist eine Schlange, die sich in den eigenen Schwanz beißt!
Ich bewege mich weniger, also nehme ich zu, werde kurzatmiger, mein Brustkorb schmerzt.
Deshalb liege ich noch öfter und länger in meinem Körbchen in der Diele.
Hier kann ich auch besser atmen. Die Luft ist nicht so warm wie in den Wohnräumen.
Frauchen glaubt, ich hätte Depressionen und versucht, mich zu ermuntern. Manchmal schimpft sie auch mit mir und sagt, ich sei eine

launische Zicke. Sie kann ja nicht wissen, dass es mir dann gesundheitlich schlecht geht.

Auch sie sehnte sich an diesem Tag der langen Schneewanderung nach zu Hause, da kurz nach dem Naturschutzgebiet ihre ansonsten sehr guten, rutschfesten Schnürschuhe undicht wurden. Deshalb liefen wir besonders zügig. Der Weg dauerte noch über eine Stunde!

Frauchen hatte plitschnasse Füße und stellte fest, dass das Schneewasser das Oberleder durchdrang, genau an der Stelle, die durch Membranen von außen wasserdicht, von innen jedoch atmend sein sollten.

Ihr Paar Schuhe zeigten die gegenteilige Wirkung. Vielleicht wurden die Membranen falsch herum eingebaut?

An diesem Abend blieben sie nicht so lange wach wie üblich.

Im Einschlafen dachte Frauchen über ihre Schuhe nach.

Richtig ist es ja nicht, dass sie gerade an den Stellen in so erheblichem Maße undicht sind, die als besonders wasserundurchlässig gepriesen wurden und womit gehörig Reklame gemacht wird! Als sie zu dem Entschluss gelangt war, sie zu reklamieren, weil sie noch ganz neu waren, hörte sie den ersten Knall!

Zwei weitere folgten.

Es klang nach schwerem Metall und war für Autotüren um diese Zeit auf unserer Straße zu laut!

Ich hatte von all dem nichts wahrgenommen, da ich nach der anstrengenden Wanderung bereits tief schlief.

Kurze Zeit später gab es drei leisere Schläge und Frauchen fragte den ebenfalls schlafenden Kurt: „Hast du das gehört? Das ist doch hier vorne bei unserer Tür!"

„Das wird der Nachtzustelldienst sein. Der bringt bestimmt Laborproben!"

Frauchen war verunsichert, sagte jedoch: „Die sind sonst ja nicht so laut! Da stimmt was nicht!" Als ein weiterer Schlag erfolgte, war sie aus dem Bett! Ich wurde schlagmals wach.

In der Einfahrt brannte der Scheinwerfer! Wenn kein Schnee gelegen hätte, wäre sie im Schlafanzug rausgelaufen um nachzusehen, aber so haute sie erbost an die gelbliche Ribbelglasscheibe unserer Haustür!

Von der Tür des Ingenieurbüros neben uns rannte jemand weg!

Ich bellte auch inzwischen, da ich realisierte, dass etwas nicht stimmen konnte.

Der Nachtzustelldienst wäre nicht weggerannt.

Im Übrigen war es Sonntag spätabends, da arbeitet der noch nicht, aber das fiel Frauchen erst viel später ein.

Inzwischen hatte sie unsere Tür und das schmiedeeiserne Gitter unter unserem Vordach aufgeschlossen. Herrchen war aufgestanden. Wir schauten uns die Spuren im Neuschnee an! Die Tür zeigte nur leichte Beschädigungen. Sie sagte: „Ich werde mal die Polizei anrufen. Das war ein Einbruchversuch!"

Und plötzlich wurde sie nervös!

Sie wählte die Nummer des Notrufes und man sagte ihr zu, gleich die Kripo zu schicken, die ganz in der Nähe sei.

Es hat schon Vorteile, nur um die Ecke einer Polizeistation zu wohnen, besonders dann, wenn Straftaten zu Zeiten erfolgen, wo sonst noch nicht viel los ist.

Sie kamen mit zwei Wagen, schauten sich die Fußstapfen an und verfolgten sie. Zuvor fragten sie Frauchen, ob sie den Täter beschreiben könne. Nein - durch die getönte Scheibe konnte sie nur vermuten, dass es sich um einen jungen Täter gehandelt haben müsse, der zudem auch zierlich war.

Dem stand entgegen, dass er Schuhgröße 45 gehabt hat, wie die Kripo ermittelte.

Als sie noch mit den Beamten sprach, kam ein junger, schlanker, nicht zu großer Mann vom Marktplatz her, lief über den neben unserer Einfahrt liegenden Parkplatz, schaute flüchtig auf die Ansammlung von Fahrzeugen und Menschen, überquerte ein Stück abseits von uns den Fahrdamm und ging auf der anderen Straßenseite vorbei.
Sonst war alles menschenleer.
Frauchen sagte instinktiv zu der neben ihr stehenden Polizistin: „Gucken sie doch mal, was der für Schuhabdrücke hat!"
Das wurde nicht gemacht und stellte sich später als Fehler heraus. Die Beamten schwirrten in beide Richtungen, den Schuhabdrücken folgend, aus. Nach geraumer Zeit kamen sie zurück, maßen einen Fußabdruck mit einem von uns ausgeliehenen Zollstock, schauten noch einmal auf die Bürotür und erzählten, dass sie den Fußabdrücken bis in die Siedlung gegenüber der Polizeistation gefolgt seien. Dort habe der Täter an einem Punkt verweilt, uriniert und sei dann bis zu einer Stelle zurückgegangen, an der sich die Fußspuren verliefen. Dann seien sie auf unserer gegenüberliegenden Straßenseite bis zur Ecke verfolgt worden, wo auch noch ein

zweiter Einbruchversuch registriert wurde.
Fingerabdrücke ließen sich nicht nehmen, das könne man so schon sehen.
Frauchen „hörte" in der restlich Nacht „die Mäuse piepsen".
Sie befürchtete, dass der Einbrecher wieder kommen könnte, so wie bei dem Einbruchversuch an der Ecke, den Herrchen schon am Sonntagmorgen beim Brötchenholen bemerkt hatte. Zunächst war hier nur die äußere Scheibe der Isolierverglasung zerbrochen und am darauffolgenden Abend wurden schwerste, deutlich sichtbare Schäden an der Holztür verursacht.
Frauchen überlegte, wo hier in letzter Zeit überall eingebrochen wurde oder zumindest vergebliche Versuche gestartet worden waren: in der Apotheke, im Reisebüro direkt neben der Polizei, im Versicherungsbüro, in der Ausbildungswerkstatt der Caritas, im Sonnenstudio, beim Pflegedienst und jetzt noch in unserem Ingenieurbüro!
Eigentlich, so wurde ihr in der Nacht klar, handelt es sich in unserem Fall sogar um zwei Einbruchversuche, denn die ersten drei lauteren Schläge kamen von weiter vorn, wo ihr Schaukasten mit der Aufschrift: Kunst und

Keramik hängt.

Langsam wurde sie wütend wegen der Dreistigkeit und zugleich Dummheit, mit der der Täter vorgegangen war.

Der Schaukasten war noch dekoriert mit von ihr gestalteten Tonkrippenfiguren.

Wer hat schon im Januar noch Interesse an Krippenfiguren? Wie schwer so etwas zu Geld zu machen ist, weiß sie nur zu gut.

Als der stabile Schaukasten seinen Einbruchversuchen standhielt, wendete sich der Einbrecherdöskopf einige Schritte weiter, löste über den Bewegungsmelder den Scheinwerfer aus, wartete nicht einmal die vier Minuten ab, bis das Licht erlosch, sondern schritt gleich zur Tat!

Irgendwie verstand er sein Handwerk schlecht! Davon zeugen die vergeblichen Versuche rundum. Lohnend war seine Tätigkeit auch nicht, denn, wenn er Erfolg hatte, erbeutete er meistens nicht mehr als die Portokasse und Handys.

Der Schaden an Türen und Fenstern war jedoch beträchtlich. Gottlob bei uns nicht, weil Frauchen so wachsam war.

Der Schaukasten zeigte einige tiefe Kratzer beim oberen Schloss und die Beschädigungen am Eingang zum Bodenprobenbüro sieht man nur, wenn die Tür geöffnet ist. Es ist kaum erwähnenswert.

Sinnvoll wäre es gewesen, so glaube ich, wenn man Frauchens Instinkten nachgegangen und die Fußstapfen des einsamen Spaziergängers unter die Lupe genommen hätte, dessen Verhalten angesichts des Polizeiaufgebots vor unserer Einfahrt eher unüblich war.

Jeder Unbescholtene hätte gefragt: „Was ist hier denn passiert?"

Er jedoch überquerte die Straße und lief in sicherer Entfernung vorbei.

Frauchens gedankliche Ausarbeitung des Geschehens sieht so aus: Der verhinderte Dieb war bis zur Polizeistation gelaufen, hatte dort gegenüber abgewartet, ob ein Einsatz erfolgte. Nachdem die Autos um das Karree gefahren und gerade bei uns eingetroffen waren, erschien er auf der Bildfläche. Er hatte einen kürzeren Weg als die Fahrzeuge zurück zu legen. Er benutzte den Fuß- und Radweg entlang der Polizeistation, der hinter unserem Garten vorbeiführt, bog neben uns um den Neubau mit Eigentumswohnungen, passierte dessen Parkplatz neben unserer Einfahrt und schaute sich den Einsatz aus der Distanz an.

In Münster sind in eben jener Nacht mit Neuschnee zwei Einbrecher durch ihre Fußstapfen gefasst worden, obwohl sie falsche Fährten legten!
Uns war der Erfolg trotz Frauchens Ahnung versagt geblieben.
Auch die hoffentlich letzte Ratte auf unserem Grundstück konnte nicht gefasst werden!
Sie blieb einige Zeit lang unsichtbar.
Als es wieder milder wurde, stellten wir enttäuscht fest, dass sie nicht allein war.

Problemstau
Inzwischen stehen im Hühnergehege zwei neue und die letzte alte Falle unter Kisten. In Dosen lagert an zwei Stellen rosarotes Haferflockengift. Scheinbar sind die in einer vorherigen Aktion stundenlang unter Wasser gesetzten Rattengänge unter dem Hühnerstall wieder bezogen worden.
Zwischenzeitlich wohnten die Nager auf unserem Nachbargrundstück, wo früher die verwilderten Hauskatzen lebten, die wir der Katzenhilfe und einem Bauernhof zugeführt haben. Die Ratten schlüpften bei Gefahr durch zwei kreisrunde Löcher im Rohrmattenzaun und entschwanden unseren Blicken.

In letzter Zeit wurde jedoch wieder an den mit Kies verfüllten, unterspülten und mit Kontaktgift verunreinigten Gängen unter der Betonplatte des Stalles gegraben.

Das löste die eben schon beschriebenen Aktivitäten aus, die sich nun schwerpunktmäßig auf das Hühnergehege beschränkten.

Eine Ratte torkelte wiederum angegiftet durch den Garten und Herrchen gab ihr mittels eines Schippenhiebes den Rest.

Eine dicke Ratte schien einen Schlag mit der alten Falle bekommen zu haben, denn die Falle war zu und lag ein Stück vor der Kiste.

Das Rattenmännchen blieb unsichtbar und hat sich wegen der ungastlichen Bedingungen bei uns hoffentlich verzogen. Gefunden haben wir es nicht.

Sogar die Hühner und Gustav haben bemerkt, dass der Ratz weg war.

Als er noch hier lebte, waren sie wegen seiner Anwesenheit sehr verängstigt. Wenn er sich immer zur selben Zeit morgens bei ihnen einstellte, nachdem es Futter gegeben hatte, wichen sie zur Seite und hielten sich im hinteren Bereich des Hühnergeheges auf. Schon am Verhalten des Federviehs erkannten

wir, was bei ihnen vorging. Meist dauerte es nicht lange, bis der erfahrene, boshafte Nager auf der Bildfläche erschien, manchmal in Begleitung einer zierlicheren Rattenfrau.
Frauchen hofft, dass nun nur noch ein Weibchen über ist, nachdem wir mindestens sechs, wenn nicht noch mehr, Ratten vernichtet haben.
Die einsame Rättin scheint unerfahren und ängstlich und die Hühner haben sie schon das eine und andere Mal verjagt.
Sie läuft weg und versteckt sich hinter dem Zaun oder dem Stall.
So etwas wäre bei dem frechen Ratz nicht denkbar gewesen! Durch seine Schläue, Frechheit und Kraft vertrieb er die Hühner und sogar Gustav! Wenn er auftrat, gaben sie den Weg für ihn frei! Ich darf leider, wegen einer dummen Geschichte in meiner Jugend, nicht ins Hühnergehege.
Ich bin jedoch sehr erleichtert, dass es ihn bei uns nicht mehr gibt. Er hatte eine große Familie und führte aufgrund seiner Tapferkeit und Gerissenheit hier ein fideles Leben.
Nun hoffe ich, dass das unerfahrene, vermutlich letzte Rattenweibchen weiterziehen wird. Hier ist es so ungastlich für sie!

Unpässlichkeiten
Natürlich hatte Frauchen sofort nach der Entdeckung der ersten Ratten das Tiefbauamt angerufen und auf den Missstand hingewiesen. Man versprach ihr, eine Firma mit der Giftauslegung zu beauftragen. Ein weiteres Mal sollten Giftkuchen ausgelegt werde, aber inzwischen hatten sich einige Tiere auf meinem Grundstück angesiedelt und anscheinend noch vermehrt!
Wir begegneten ihnen äußerst feindselig.
Ungastlich war auch das Wetter und unberechenbar.
Es wechselte von eisig bis mild.
Ich saß oft vor dem Teich und schaute auf seine Eisfläche, die zwar unterschiedlich dick, aber immer vorhanden war.
Frauchen glaubte, ich wollte aus dem Teich trinken. Jedoch weit gefehlt.
Sie fragte dann: „Jenny, weißt du nicht mehr, wo dein Wasser steht? Hast du Alzheimer? Wenn du trinken willst, dann musst du schon in den Wintergarten gehen!"
Sie merkte wirklich nichts!
Nicht, wie schlecht es mir schon damals ging!
Nicht, wie schlecht ich Luft bekam! Nichts von meinen Schmerzen in der Brust!

Sie glaubte, ich sei launisch und erleide eine jener Charakterveränderungen, die bei älteren Münsterländerweibchen häufig auftreten, die keine Welpen bekommen durften.
Mutterfreuden haben sie mir ja nie gegönnt, worüber ich noch heute traurig bin. Meine diesbezüglichen, heißen Wünsche brennen noch immer in meiner Brust. Oder ist es inzwischen etwas anderes?
Wenn ich Gustav und seine Damen betrachte, leben die fidel und ungezwungen.
Abends sitzen sie friedlich nebeneinander auf der Stange und er legt dann manchmal beide Flügel um seine Lieblingshennen. Jedes Mal ist es die kleine, scheue, schwarze Henne mit den ausdrucksstarken, dunklen Knopfaugen.
Was für alle hier selbstverständlich scheint, Kinder zu haben, war mir Zeit meines Lebens verwehrt geblieben. Jedoch war mein Leben auf anderen Gebieten überaus erfüllt.

Ich liebe mein Leben
Ich habe viel erlebt und gesehen.
Durfte viele Reisen mitmachen. Nur die nach Andalusien nicht!
Lange Spaziergänge haben wir unternommen und hier waren die verschiedenen anderen

Tiere, die zeitweise unseren Garten und Haus bewohnten.
Langweilig war es eigentlich nie.
Und ich wurde geliebt - von Frauchen, von Herrchen, von Kathrin und Markus, von Sylvia und Werner und von unserer älteren Nachbarin, die mir früher oft Leckerchen brachte.
Manchmal getrüffelte Kalbsleberwurst oder Bratkartoffeln, die sie nicht mehr schaffte.
Sie kommt schon lange nicht mehr und manchmal bleiben wir auf dem Friedhof vor einen Grab stehen, das sie sonst gepflegt hat und Frauchen sagt: „Hallo, Ilse!" und ihre Stimme klingt traurig.
Ich vermisse Ilse und ihre Leckerchen auch sehr!
Während ich sinnierend in meinem Körbchen

liege und die ganzen Vorfälle an meinem inneren Auge vorbei ziehen lasse, komme ich zu der Erkenntnis, dass ich in jungen Jahren aktiver war. Ich machte liebend gern lange Fußmärsche. Dabei lebte mein Jagdtrieb in erhöhtem Maße auf. Tiere, ebenso die Züge der Deutschen Bahn AG fesselten mein Interesse. Ich liebte es, ihnen nachzujagen, wenn meine Leine mich nicht daran hinderte. Ich bin noch heute wachsam und mutig, schreite bei ungewöhnlichen Vorkommnissen ein und beschütze meine Familie. Das sehe ich als meine Aufgabe an. Vielleicht bekäme ich auch, wenn ich weniger tüchtig wäre, Kost, Logis, Liebe und Pflege von meinen Lieben. Natürlich habe ich noch sehr viel mehr in den vielen Jahren erleben dürfen und bin nach dem langen Nachdenken zu der Überzeugung gelangt, dass mein Leben unterhaltsam, ja, spannend war.

Wenn ich es genau betrachte, sollte ich nicht mehr von der Karriere als Springpferd träumen, denn irgendwie bin ich auch so etwas Besonderes. In letzter Zeit liege ich immer häufiger dösend umher und sinne über mein Leben nach, das nunmehr fast vierzehn Jahre lang währt.

Augenblicklich wird meine Lebensqualität stark beeinträchtigt durch die Schmerzen in meiner Brust und den Husten.

Zumindest letzterer fiel meinen Lieben auf, als er immer stärker wurde.

Selbst, wenn ich keinerlei Aufregung hatte, musste ich husten und Frauchen vermutete, ich könne TBC haben. Natürlich fürchtete sie um ihre eigene Gesundheit und die ihrer Familie.

Also war wieder einer jener unangenehmen

Besuche meines Arztes fällig.
Wenn ich sein Haus sehe, fühle ich mich schon wieder ganz gesund und würde am liebsten umdrehen, aber sie lassen mich nicht.
Er untersuchte mich und fragte, wie lange ich denn schon husten würde. Genau wusste das niemand. Nicht einmal ich hatte den Husten zu Beginn registriert.
Erst als er quälend wurde.
Nein, Alzheimer war es nicht, was mich in der Kälte zum zugefrorenen Teich lockte.

Ein ganz besonderer Tag
Der Tag war friedlich, sonnig, warm. Das Eis vom Gartenteich war endgültig abgetaut. Die Fische hatten den Winter nicht überstanden.
Frauchen malte ein großes Bild und hörte ein Passionsoratorium.
Zeitweise lag ich in der geöffneten Terrassentür in der Sonne. Manchmal ging ich zu Frauchen und sie kraulte mir den Kopf.
Das Laufen fiel mir nicht leicht. Ebenso das Atmen!
Sie sagte, die Musik vom Leiden und Sterben passe zu meinem augenblicklichen Zustand.
Wir beide spürten, dass mein erlebnisreiches Leben nicht mehr lange andauern würde.

Auch mein Husten setzte wieder ein, von dem mein Hausarzt gesagt hatte, es sei Herzhusten. Mein Herz war schwach, die linke Herzklappe schloss nicht mehr. Gegen das Wasser in meiner Lunge hatte ich Entwässerungstabletten bekommen und für einige Tage hatte ich Erleichterung, aber keinen Appetit.
Das Hundedosenfutter widerte mich an.
Frauchen lockte mich mit besonderen Leckereien. Ich fraß mehr ihr zuliebe, denn aus Selbsterhaltungstrieb. Meine Herzmedikamente verabreichte sie mir in Leberwurstkügelchen. Die nahm ich auch an jedem Tag.
Im Laufe des Vormittags telefonierte Frauchen mit meinem Arzt und bat um Zusendung weiterer Entwässerungstabletten. Sie wollte mir zusätzlich welche verabreichen, damit das Wasser in der Lunge nicht wieder bedrohlich werden würde.
Ich hörte, wie sie sagte, sie wolle mich gern später meinem Arzt vorstellen, heute ginge es nicht, da ihr Auto zur Reparatur sei.
Mein Hausarzt möge dann den Zeitpunkt bestimmen, ab wann mein Leben nicht mehr erträglich sei.
Sie wünschte sich jedoch, dass ich im Garten sterben möge, dort, wo sich mein Leben

größtenteils, zumindest bei schönem Wetter, abgespielt hatte.
Auch ich hatte den gleichen Wunsch.
Der Gartenteich zog mich schon länger magisch an.
In letzter Zeit saß ich oft lange davor und überlegte.
Vollenden konnte ich mein Verlangen nach Kühle jedoch erst, als das Eis getaut war.
Am Vorabend jenes Tages ließ ich mich lange von Frauchen kraulen.
Besonders an meinen Lieblingsstellen!
Das fiel mir nicht ganz leicht, weil ich mich in die richtigen Positionen drehen musste.
Ich verabschiedete mich an diesem Abend von allem, was mir lieb war.
Am Mittag des darauffolgenden warmen sonnigen Tages ging ich weg! Zur geöffneten Terrassentür, zum Teich und hinein.
Unbemerkt und lautlos verwirklichte ich meinen Wunsch, nicht mehr da sein zu wollen.
Es gelang!

Schon früher hatte ich mich oft nach strapatiösem Bellen oder an heißen Tagen im Teich abgekühlt, aber an diesem 27. März mit einem anderen Ausgang.

So bleibt zu hoffen, dass ich nicht zu schnell vergessen werde.
Denk an mich, wünscht sich
Deine Jenny.